書下ろし

幻夜行

風烈廻り与力・青柳剣一郎㊶

小杉健治

祥伝社文庫

目次

第一章　怨霊《おんりよう》　9
第二章　侵入　88
第三章　床下　169
第四章　恩返し　248

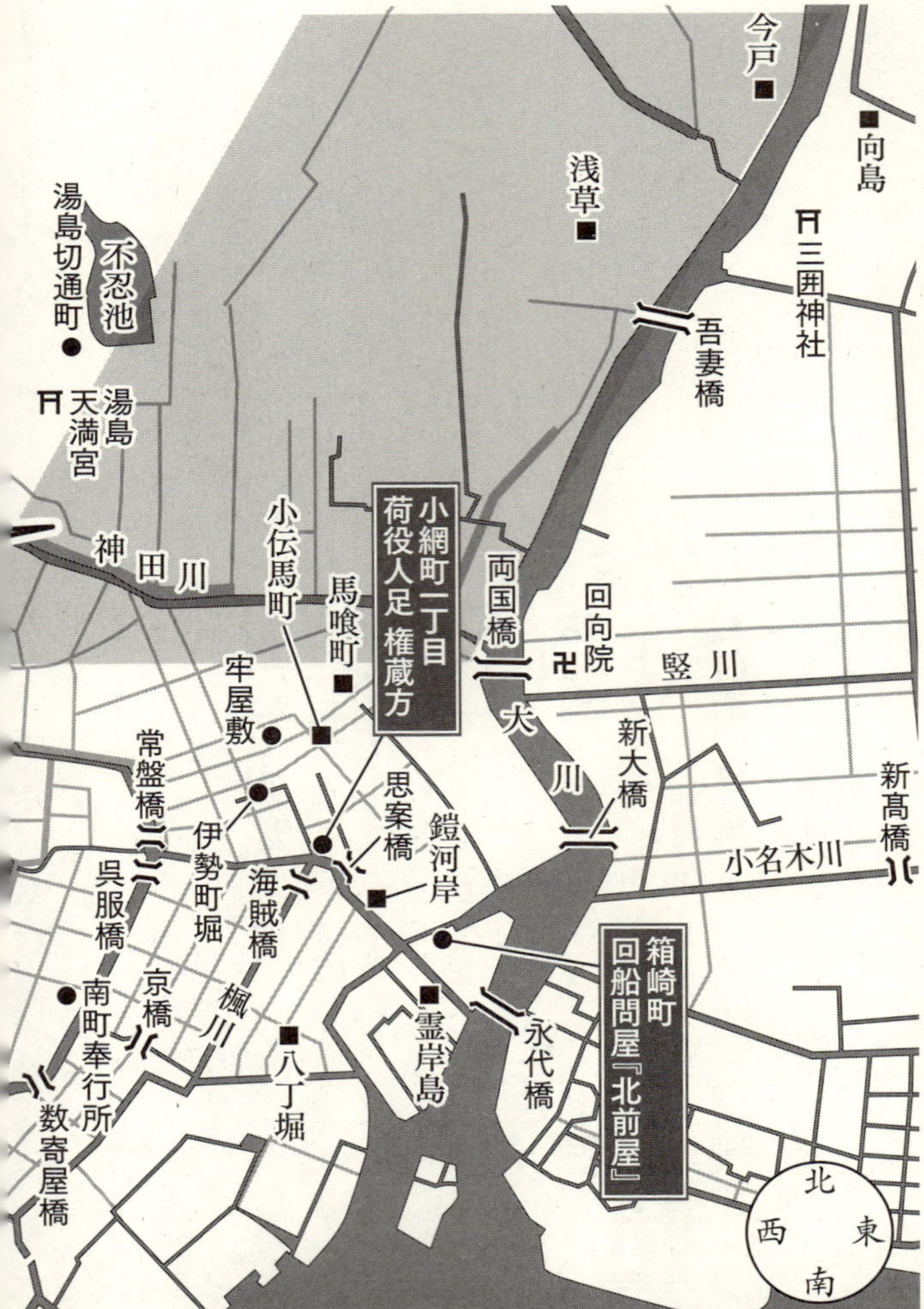
今戸
向島
浅草
湯島切通町
不忍池
三囲神社
吾妻橋
湯島天満宮
神田川
小伝馬町
小網町一丁目
荷役人足 権蔵方
馬喰町
両国橋
回向院
竪川
牢屋敷
大川
新大橋
常盤橋
思案橋
新高橋
伊勢町堀
鎧河岸
小名木川
呉服橋
海賊橋
箱崎町
回船問屋『北前屋』
京橋
楓川
霊岸島
永代橋
南町奉行所
八丁堀
数寄屋橋
北
西
東
南

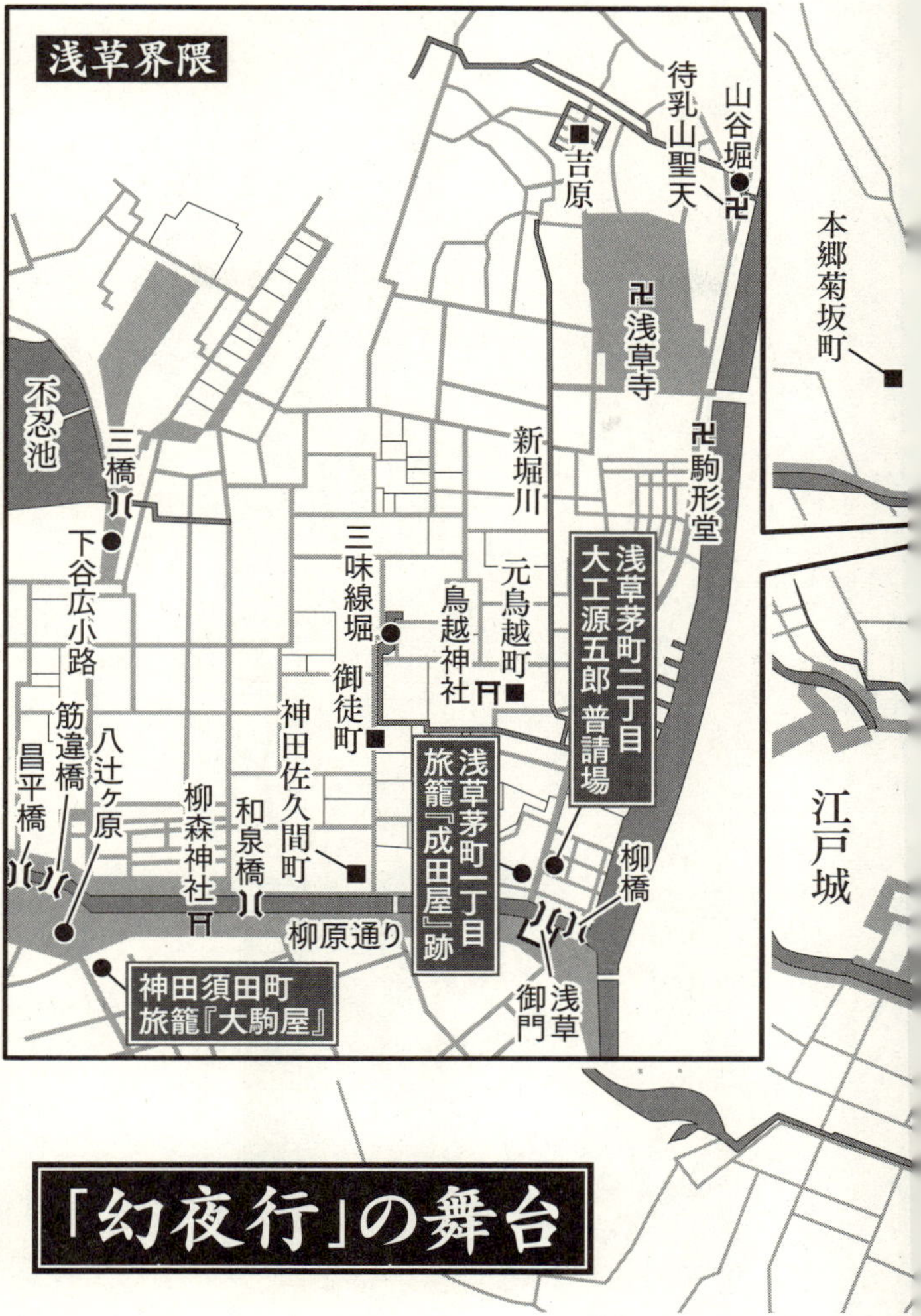

浅草界隈
吉原
待乳山聖天
山谷堀
本郷菊坂町
浅草寺
不忍池
三橋
下谷広小路
新堀川
駒形堂
三味線堀
元鳥越町
鳥越神社
浅草茅町二丁目
大工源五郎 普請場
御徒町
神田佐久間町
浅草茅町一丁目
旅籠『成田屋』跡
筋違橋
八辻ヶ原
昌平橋
柳森神社
和泉橋
柳原通り
柳橋
江戸城
浅草御門
神田須田町
旅籠『大駒屋』

「幻夜行」の舞台

第一章　怨霊《おんりょう》

一

　三月十二日、晩春の生暖かい夜風を受けながら、大工の伊助《いすけ》は兄弟子の安吉《やすきち》とともに浅草茅町《あさくさかやちょう》二丁目の普請場《ふしんば》から浅草元鳥越《もととりごえ》町《ちょう》の長屋に帰るところだった。棟上げの祝いでだいぶ酒を呑《の》み、それでも呑み足りずにふたりで居酒屋に寄った。

　ふたりとも紺木綿《こんもめん》の股引《ももひき》に腹掛《はらが》け、法被《はっぴ》には丸に源の字の屋号が入っている。ふたりの親方は元鳥越町の表通りに家を構える大工の源五郎《げんごろう》だった。

　親方は祝いの席が終わったあと、河岸《かし》を変えるという伊助と安吉に、呑みすぎるんじゃねえぞと注意をしたが、やはり酒がすぎてしまった。

伊助は二十四、安吉は二十六。ふたりとも今は親方の家を出て、同じ元鳥越町の裏長屋に住んでいた。

ふたりとも、千鳥足《ちどりあし》で御米蔵《おこめぐら》の辺《あた》りまでやってきたとき、鳥越橋の袂《たもと》の暗がりに白っぽいものがぼっと浮かんでいた。

「兄貴、あんなところに誰かいるようだぜ」

伊助が怯《おび》えたように、

「まさか、辻《つじ》強盗じゃねえだろうな」

五つ半（午後九時）近く、人通りは絶えている。

「なにびくついているんだ。そうだとしても、こっちはふたりだ。怖がることはねえ」

安吉は酒が入って気が大きくなっているのか、不敵《ふてき》に笑みをもらした。

「そうだな」

伊助は応じたが、相手が侍《さむらい》だといくらふたりでも敵《かな》わないと不安になりながら橋に近づくと、さっき見えたひと影はいなくなっていた。

気のせいだったかと、橋を渡り終えたとき、もし、と女の声で呼びかけられた。

なぜかぞっとしたのは、陰《いん》に籠もった声だったからか。

振り返ると、若い女が俯《うつむ》き加減に立っていた。白地に朝顔の花をあしらった単《ひと》衣《え》は季節外れで、月影が射《さ》した顔は妙に青白かった。が、息を呑むほどに美しい女だった。

「何か御用ですかえ」

兄貴分の安吉が声をかけた。

「はい」

女は数歩近づき、

「『成田屋《なりたや》』という旅籠《はたご》はどちらでしょうか」

「『成田屋』？」

安吉はきき返した。

「はい。『成田屋』です」

安吉は眉根《まゆね》を寄せ、

「『成田屋』にどんな用があるんだい」

と、無遠慮に女の全身をなめまわすように見てきいた。いかんせん、三月には季節外れの単衣を着ていることに、伊助も不審を持ったのだった。

「ちょっと用事がありまして」

「旅籠はやってませんぜ」

伊助が口をはさんだ。

「知っています」

「じゃあ、なにしに？」

「はい。好太郎《こうたろう》さんに会いに……」

少し恥じらうように女は答えた。

「好太郎？」

伊助は眉根を寄せ、

「おまえさんは好太郎さんとは？」

「はい。親しくさせていただいております」

「おまえさんの名は？」

「ふみです」

「で、どうして好太郎さんに会いに？」

「はい。呼ばれました。あいにくこのような時間になってしまいました」

「だって、『成田屋』は……」

伊助が言いかけたが、

「よせ」

と、安吉が遮《さえぎ》った。

「この道をしばらく行くと右手にあるが、もう看板は出ていねえ。わからないだろうから案内しよう」

安吉は女に興味を持ったようだった。

「そうしていただけると助かります」

女はあっさり答えた。

「じゃあ、行こうか」

安吉は先に立って来た道を戻った。

「兄貴。どうするんでえ。『成田屋』は今……」

伊助は小声できく。

「いい」

また、安吉は叱《しか》った。

『成田屋』のある茅町一丁目は浅草御門の近く、神田川《かんだがわ》に面している。やがて、普請場のある茅町二丁目に差しかかった。

振り向くと、女はちゃんとついてくる。

「兄貴、あの女、なんだかふつうと違わないか」

伊助は不安そうにきく。

「確かに少し薄着なようだが、いい女じゃねえか」

「そうですが」

伊助は首を傾《かし》げた。

大戸《おおど》の閉まった通りに、やけに猫の鳴き声がした。振り向くと、女の傍《そば》に数匹の猫が集まっていた。

屋根で猫が鳴いていた。

「兄貴、何であの女の傍に猫が……」

振り返りながら、伊助が言う。

「………」

「兄貴」

「知るけえ」

安吉はうるさそうに言う。

やがて神田川に近づき、『成田屋』の前にやってきた。

安吉は立ちどまって、女を待った。女は相変わらず俯き加減に近寄ってきた。

「ここだ」

瓦《かわら》屋根の間口の広い二階建ての建物は、旅籠らしい姿をかろうじて残しているが、看板が下ろしてあるので誰も旅籠とは思わないだろう。

「ありがとうございました」

女は軽く頭を下げ、『成田屋』の少し離れた潜《くぐ》り戸に向かった。

「待ちねえ」

安吉は呼び止めた。

「『成田屋』は今、誰も住んでいないぜ」

それに答えず、女は会釈《えしやく》をし、『成田屋』の潜り戸に向かった。安吉はじっと見ていた。誰もいないのだから困ってこっちに戻ってくる。安吉はそれを待っているようだ。

女は潜り戸の前に立った。戸を叩《たた》くでもなく、黙って立っていた。なにをしているのかと様子を窺《うかが》っていると、思いがけなく潜り戸が開いた。

伊助は目を見張った。

「兄貴、誰かいる」

女が中に入ると、戸がすぐ閉まった。

「『成田屋』の人間が帰ってきているんだろうか」

「そんなはずはない。『成田屋』の旦那《だんな》は向島《むこうじま》の寮で寝たきりだ」

「さっき、あの女、好太郎さんに会いに行くと言ってたけど、好太郎って若旦那のことじゃねえのか」

伊助は思い出して口にした。

「好太郎は行方《ゆくえ》知れずだ。女中を殺して逃げたって話だ。帰ってくるはずねえ。もしかしたら、御薦《おこも》が勝手に入り込んでいるのかもしれねえ」

安吉は吐き捨て、『成田屋』に足を向けた。

「兄貴、どうするんだ？」

あわてて、伊助は追った。

「中に入ってみようぜ。女も気になる」

「でも……」

「いいか。ここはずっと空《あ》き家だったんだ。住んでいる人間がいたら、そいつは無断で入り込んでいるにちげえねえ」

「でも、どうやってこの屋敷に入れるんだ？」

「塀《へい》が壊れているところがあるんだろう。穴を板で塞《ふさ》いであっても、釘《くぎ》を抜けば、板は簡単にはずせる。おそらく、そこから入ったんだろうよ」

「じゃあ、質《たち》の悪い奴らじゃ……」

「さっきの女もいっしょにいるんだ。心配あるめえ」

安吉は伊助が止めるのもきかず、『成田屋』に向かった。しかたなく、伊助もついていく。

安吉は潜り戸を叩いた。

だが、いくら経《た》っても反応がない。

「おかしいな。奥の部屋に入って気づかないのかもしれねえな。ちょっと様子を見てこよう」

安吉はそう言い、路地に入って行く。伊助も困惑しながらあとにしたがった。もう酔いはどこかに消えていた。

土蔵近くの塀の前に立った。

「ここだ」

安吉が手で示した。

塀に板が打ち付けてあった。

「おかしいな」

安吉は首を傾げた。

「兄貴、どうしたんだ?」

「釘を抜いた跡がねえ」

「じゃあ、ここから入ったわけじゃないのか」

「うむ」

安吉は唸《うな》ってから、

「とりあえず、入ってみよう」

と、道具箱から釘抜きを取りだし、釘を抜いていった。

「釘が錆《さ》びついてやがる」

安吉は不思議そうに言い、板をはずした。ひとがひとり潜れるくらいの隙間《すきま》があった。

安吉は潜って中に入った。しかたなく、伊助も続いた。

月影が雑草が伸びてうっそうとした庭を映し出した。なぜか、伊助はぞくぞくと体が震えた。

「兄貴、俺はここにいる」

「ちっ」

安吉は母屋《おもや》のほうに向かった。伊助はひとり残され、急に心細くなった。生暖かい夜風が吹いても、ここだけは冷気が漂っているようで悪寒《おかん》が走った。

なかなか、安吉は戻ってこない。

上のほうで物音がして、伊助ははっとした。二階の窓の雨戸が開いて、安吉が顔を覗《のぞ》かせた。

安吉は窓から顔を出して庭を見まわす。それから、雨戸を閉めた。

ようやく、安吉が戻ってきた。手に何か握っていた。

「不思議だ。女はいねえ。ひとっこひとりいねえ」

「そんなばかな。確かに、潜り戸を入って行くのを見たじゃねえか」

伊助は言い返す。

「潜り戸を開けた者と少なくともふたりはいるはずだ。だが、どこにも姿はねえ。それどころか、ひとが住んでいる気配も……」

「へんじゃねえか」

伊助は怒ったようにきき返して、

「俺たちが裏から入った隙に、すぐ潜り戸から出て行ったんじゃねえのか」

っていた。土間に下りて潜り戸を確かめた。内側から心張り棒《しんばりぼう》がしっかりか

ってあった」

「じゃあ、消えてしまったってのか」

伊助は眉根を寄せたが、安吉の手が気になって、

「兄貴、なに持っているんだ？」

と、きいた。

「これか」

安吉は手を広げた。月明かりを受けて光った。

「簪《かんざし》？」

「二階の部屋の真ん中に落ちていた」

「古いもんじゃねえか」

月明かりに照らしてみる。透かし彫りで朝顔の文様《もんよう》を施《ほどこ》した銀製の平打《ひらうち》簪だ。

「うむ」

安吉は表情を曇《くも》らせた。

「さっきの女のものかもしれない」

「さっきの女？　だっていなかったんだろう」

伊助はまたも背筋がぞっとして、

「早く出よう」

と、塀のほうに向かった。

「兄貴？」

振り返ると、安吉は棒立ちで屋根の上を見ていた。顔が青ざめている。

「兄貴、どうしたんだ？」

伊助は驚いて声をかける。

「屋根？」

伊助は二階の屋根を見上げた。月影が射して、鈍《にぶ》く輝いている。

「屋根がどうかしたのか」

「女だ。見えないのか」

安吉は奇妙なことを言う。

「女なんていねえ」

そう言って、伊助はまたもぞっとした。

「兄貴、行こう」

突っ立っている安吉の腕を掴《つか》み、伊助は強く引っ張った。『成田屋』の外に出た。が、安吉は虚ろな目をしていた。蔵前の通りを歩きながら、伊助は安吉にきいた。

「屋根に何があったんでえ」

「…………」

安吉は答えなかった。

「女がいたってえのか」

しかし、安吉は元鳥越町の長屋に帰りつくまで一言も口をきかなかった。

ちょうど四つ（午後十時）で、大道易者《だいどうえきしゃ》の夢道《むどう》が木戸を閉めようとしていたところだった。夢道が木戸の当番で、明け六つ（午前六時）に木戸を開け、夜四つに閉める。

「すまねえ」

伊助は安吉を支えながら木戸口を抜けた。

「安吉さん。どうした、具合でも悪いのか」

夢道が声をかけた。

だが、安吉は返事もせず、自分の住まいに向かった。

伊助は安吉の住いの腰高障子《こしだかしょうじ》を開けて、

「さあ、兄貴。着いたぜ」

と、声をかけた。

「ああ」

そう口にしただけで、安吉は土間に入って戸を閉めた。

「兄貴？」

声をかけたが、返事はない。

伊助は斜交《はすか》いにある自分の家に帰った。

天窓からの月明かりに土間は明るかった。部屋に上がり、ふとんを敷いていると、腰高障子が叩かれた。

安吉が何か用があるのだと思って、土間に下りた。

心張り棒をはずして、戸を開けると、夢道が立っていた。

「ちょっといいか」

「へえ」

戸を開けて、夢道を中に入れる。

「もう寝るところだったか。すまないね」

「いえ」

「じつはさっきの何かに怯えたような安吉の顔色、ただごとではないんじゃないかい。気になったんだ。いったい何があったのだ？」

夢道は総髪《そうはつ》で、髭《ひげ》をはやした四十過ぎの大道易者で、浅草御門の近くで商売をしている。

伊助は行灯《あんどん》に灯《ひ》を入れてから、上がり端《はな》に腰を下ろした夢道に、さっきの話をした。

「『成田屋』に若い女が訪ねて行ったというのか」

「そうなんです。それが『成田屋』に入ったまま消えちまった。そのあと、安吉兄貴は屋根の上に何か見たようです。女と言ってましたが、あっしには何も見えませんでした」

夢道が厳しい顔をして顎《あご》に手をやった。

「夢道さん、何か」

「伊助さんは、最近の『成田屋』での噂《うわさ》を知らないのか」

「『成田屋』で何か」

「夜中に『成田屋』で明かりを見たとか、誰もいないはずなのに物音がしたとか……」

「そんな話があったんですかえ」

伊助はまた悪寒が走った。

「そう、近所のひとが薄気味悪がって、わしに見てくれないかと言った。いや、わしは易者だから、どこかの行者《ぎょうじゃ》にでも頼んだほうがいいと話したところだ」

「そんなことがあったんですかえ」

「それにしても、その女は何者なのだろう。こんな時季に白地に朝顔の花をあしらった単衣で町を歩くなんてまっとうな女はしないだろう」

「正気を失くしているようには思えませんでした。名前もちゃんと名乗りましたし」

「名を名乗った？　なんという名だ？」

夢道が伊助を睨《にら》み付けるようにしてきいた。

「ふみです。ええ、ふみと名乗っていました」

「ふみ……」

夢道が顔色を変えた。

「夢道さん、ふみって女を知っているのか」

伊助も驚いてきき返した。

「何年か前の夏に『成田屋』の女中が殺された事件があったろう。殺された女中の名が確か、ふみ……」

「なんですって」

伊助は飛び上がらんばかりに驚愕《きようがく》した。

二

翌朝、伊助は夜明けとともに起き、すぐ斜め前の安吉の住いに行った。

腰高障子を叩き、

「兄貴」

と声をかけ、戸を開ける。

薄暗い部屋に安吉の姿がなかった。昨夜のことがあったので、伊助は驚いて土間を飛び出した。

すると、厠《かわや》の傍《そば》で茫然《ぼうぜん》と立っている安吉を見つけた。

「兄貴、こんなところで何をしているんだ？」

伊助は傍に寄った。

「なんでもねえ」

安吉は首を横に振って、家に戻った。

納豆売りやしじみ売りがやってきて路地が賑《にぎ》やかになった。だが、安吉は引っ込んだまま出て来なかった。

「どうだえ、安吉の様子は？」

納豆を買いに出てきた夢道が伊助に声をかけた。

「へえ。なんとなく、いつもと様子が違うようで……」

伊助は心配して言い、

「まさか、おふみの霊にとり憑かれたんじゃ？」

と、きいた。

「そんなことないと思うが……」

「夢道さんが見てもわからないんですかえ」

「わしはそっちのほうはわからん」

「でも、顔を見れば、何かわかるんじゃないですか」

「まあ、あとで見てみよう。わざわざ、押しかけるのも変だからな」

夢道は部屋に戻っていった。

伊助は冷や飯におみおつけをかけ、お新香だけで朝餉《あさげ》をとった。厠に行ってから紺木綿の股引に腹掛けをし、法被を着て、道具箱を持った。

親方の源五郎の家に住み込んで十年、ようやく一年前に独り立ちを許され、兄弟子の安吉が住んでいたこの長屋に空きがあると知ると、ためらわず住いをここに決めたのだった。

路地に出て、安吉の住いに行く。いつもいっしょに普請場に向かうのだ。

「兄貴」

伊助は声をかけ、戸を開けた。

安吉は仕事着で土間に立っていた。

どことなく生気《せいき》がないようだ。

「兄貴、だいじょうぶか」

「行こうか」

伊助の問いかけには答えず、安吉は外に出た。

夢道が木戸の脇に立っていた。安吉の顔色を診《み》るためだ。伊助は夢道に目配《めくば》せする。伊助は安吉といっしょに木戸を出た。

伊助が振り返ると、夢道は深刻そうな顔で立っていた。

その日の夕暮れ、だんだん空も暗くなってきた。伊助は道具を片づけはじめたが、安吉の姿が見えないことに気づいた。

「安吉の奴、まだ下りてこないのか」

棟梁《とうりよう》の源五郎が屋根を見上げて、

「おや、安吉。どうしたんだ？」

伊助も屋根を見上げると、安吉があらぬほうを見て茫然としている。

「兄貴」

伊助は声をかけた。

そのときだった、足を滑らせたのか安吉の体勢が崩れた。あっと、伊助は叫んだ。

安吉はそのまま屋根から姿を消した。

源五郎が絶叫した。他の者も異変に気づいた。

「安吉」

伊助も源五郎といっしょに普請中の家の向こう側にまわった。安吉が倒れていた。

「安吉」

源五郎が駆けつけた。

積み上げた材木の角で頭を打ったようで、安吉はぐったりとしている。

「兄貴」

伊助は安吉を抱え起こそうとしたが、

「待て、へたに動かさないほうがいい。おい、誰か医者を呼んでこい」

と、源五郎が叫ぶ。

へい、と誰かが駆けだして行った。

「兄貴。しっかりするんだ」

伊助が声をかけて励ます。

安吉の唇《くちびる》が動いた。

「兄貴、なんでえ」

伊助が耳を近づける。

「屋根に女が……」

「女……」

伊助は愕然《がくぜん》とした。

「屋根に女とはなんだ？」

源五郎の耳にも入ったようだった。

「おい、安吉」

源五郎が安吉の顔を覗き込んだ。そのとき、すでに安吉は白目を剝《む》き、何かに怯えたように手を振り上げた。

それも一瞬で、手が落ち、首が垂れた。

「安吉」

「兄貴」

ふたりの声はもはや安吉には届かなかった。

医者がやってきたが、死んでいるのを確認しただけだった。

南町《みなみまち》の定町廻《じょうまちまわ》り同心《どうしん》の植村京之進《うえむらきょうのしん》が岡っ引きとともに駆けつけてきた。

「これは旦那」

源五郎が迎えた。

「どうしたんだ？」

「へえ、うちの安吉が普請中の二階の屋根から落ちたんです」

京之進が倒れている安吉の亡骸《なきがら》を検《あらた》めた。

「頭を打っているな」

京之進は屋根を見上げた。

「足を滑らせたか」

「よくわかりません。安吉にとっちゃ屋根の上などなんてことのない場所だったはずなんです」

「突風が吹いたわけではあるまい。屋根の上にいたのは安吉だけか。他にいっしょにいた者はいなかったか」

「安吉だけでした」

「唇や肌を見た限りでは毒を呑んだような様子はないな。目眩《めまい》でもしたか」

京之進は事件か事故かを見極めようとしているのだと、伊助は思い、あのことを口にしようかどうか迷っていた。

源五郎が説明する。

「あっしが見上げたとき、安吉は屋根の上で茫然と立っていました。何をしていたのかわかりません」

「屋根の上で茫然と立っていた？」

京之進が不審そうに眉根を寄せた。

「へえ、そう、神田川から大川《おおかわ》のほうを見てました」

伊助はあっと気づいた。安吉は『成田屋』のほうを見ていたのだ。

「そういえば、死ぬ間際《まぎわ》、屋根に女がと言ってました。そうだったな」

源五郎が伊助に確かめた。

「えっ。へえ、そうです。そう言ってました」

だしぬけにきかれ、伊助はあわてて答えた。

「屋根に女とはどういうことだ？　屋根にほんとうに女がいたわけではあるまい」

京之進が不思議そうにきく。

「旦那、親方」

とうとう伊助は口にした。

「安吉兄貴は『成田屋』を見ていたんだと思います」

「『成田屋』を？」

京之進が訝《いぶか》しげにきく。

「おい、伊助。何か知っているのか」

「へえ、じつは昨夜の棟上げの祝いの夜、兄貴と呑んで帰る途中で、若い女に

『成田屋』の場所をきかれたんです。それで『成田屋』まで案内したところ、若い女は潜り戸から中に入って行きました。誰も住んでいない家に妙だと兄貴が言うので裏から……」

伊助はそのときの様子を話した。

「『成田屋』には女はいなかったのだな」

京之進が確かめる。

「はい……。確かに、潜り戸から入ったのを見たんですが」

「ふたりが裏から入った隙に、潜り戸から出て行ったってことはないか」

「兄貴は土間に下りて潜り戸を確かめたそうです。内側から心張り棒がしっかりしてあったと」

「そうか。で、安吉は『成田屋』の屋根を見上げて、女がいると言ったのか」

「そうです」

「妙な話だな」

京之進が首を傾げる。

「そういえば、最近、『成田屋』で妙な噂があったな」

源五郎が思い出して言う。

「棟梁もご存じでしたか」

「うむ。誰もいない旅籠に夜中明かりが灯っていたとか、物音がするとか」

「そんな噂があったのか」

京之進がきいた。

「へえ。まあ、御薦が入り込んだのではないかということでしたが……」

「旦那、親方。じつは話にもっと深いことが」

と、伊助は顔を強張《こわば》らせた。

「なんだ？」

「へえ。『成田屋』の場所をきいた若い女はこの季節なのに、白地に朝顔の花をあしらった単衣を着ていたんです」

「確かに季節外れの着物だな」

京之進が呟《つぶや》く。

「女は、ふみと名乗り、『成田屋』に行くわけを好太郎さんに呼ばれたからと言ってました」

「好太郎？『成田屋』の伜《せがれ》だったな。女中殺しの疑いがかかって、好太郎は行方を晦《くら》ましたままではないか」

京之進が口をはさんだ。

「旦那。殺された女中の名はふみと言うんじゃあ。しかも、殺されたのは夏。朝顔の季節だったそうですね」

昨夜、大道易者の夢道から聞いたことを話した。

「そうだ。確かに、ふみという名だった。そういえば見つかったふみの亡骸は朝顔の柄の単衣を着ていた。傍に、可愛《かわい》がっていた猫もいっしょに死んでいたそうだ」

「飼い猫？」

伊助は耳を疑った。

「おふみは猫好きだったそうだ。遊びにくる猫を可愛がっていたという。どうした、そんな顔をして」

「女のあとから猫が数匹ついてきていたんです」

「なんだと」

京之進が顔色を変えた。

「まさか、そんなことが……」

源五郎の声が震えを帯びていた。

「いいか。このことは他言無用《たごんむよう》だ」

京之進がきつく口止めをした。


翌日、安吉の野辺《のべ》の送りが終わった。

入谷《いりや》にある寺に埋葬し、長屋に引き上げるとき、夢道が伊助に近寄ってきた。

「安吉はほんとうに事故だったのか」

夢道が小声できいた。

「ええ。あっしと親方が見上げているとき、足を滑らせたんです」

京之進から口止めされているので、安吉が死ぬ間際、「屋根に女が……」と言ったことは黙っていた。

「そうか」

「夢道さん、何か」

「昨日の朝、出かける際に見た安吉に死相が出ていた」

「…………」

「植村の旦那から、おふみのことは誰にも話さないようにと言われたが、なぜ、安吉が死んだあとで、わざわざそんなことをわしに言いにきたのだ？　植村の旦那も、安吉の死がおふみの件に関わりがあると思っているから、わざわざわしにも口止めしに来たのではないのか」

夢道はさらに迫った。

「安吉の死に、おふみが絡《から》んでいると思わせる何かがあったのではないのか」

「それは……」

「口止めされているのか。しかし、わしにも隠す必要はあるまい」

夢道はすでにおふみが『成田屋』を訪ねたことを知っているのだ。安吉の最後の言葉を隠すまでもないと、伊助は思った。

「夢道さんの仰《おつしや》るとおりです。じつは、兄貴は屋根の上であらぬほうを見て茫然としていたんです。あっしも親方も不審に思って呼びかけたんですが、耳に届かなかったようです。そのうち、兄貴の体勢が崩れて……」

「安吉は何かを見たのだろうか」

夢道は厳しい顔をした。

「兄貴が死ぬ間際、屋根に女がって言ったんです」

「屋根に女?」

「普請場から『成田屋』は近いので……」

「じゃあ、『成田屋』の屋根に女がいたと?」

「そうかもしれねえと。ただ、植村の旦那が、こんなことが知れたら、どんな尾《お》鰭《ひれ》が付いて世間に広まるかもしれないから黙っているようにと」

「そうか。安吉はやはり女を見て、驚いて足を滑らせたんだな」

夢道は深刻そうな顔をした。

安吉の死は事故ということで片づけられたが、伊助は気持ちが収まらなかった。ほんとうにおふみの霊のしわざなのか。気になってならなかった。

ともかく、妙な噂が広がるのは防げたはずだと思っていたが、どこから漏れるのか、おふみの話を聞かせてくれと見知らぬ男が伊助を訪ねてくることがたびたびあった。瓦版《かわらばん》屋もいた。

そんな話をすると、話したほうも聞いたほうも呪われるからと言って断ったが、瓦版屋はかえって面白おかしく報じた。

安吉の死から五日経った日、普請場から通りを見たとき、墨《すみ》染め衣《ごろも》を着た網代《あじろ》笠《がさ》の行脚僧《あんぎやそう》が浅草御門のほうに歩いて行くのが見えた。

伊助はなんとなく気になった。ちょうど昼過ぎの小休みだったので、伊助はあとをつけた。

案《あん》の定《じょう》、行脚僧は『成田屋』の前で手を合わせ、なにか口にしていた。経を読んでいるようだった。

あの僧も噂を聞いたのに違いない。

笠の内の顔はわからないが、顎に髭をはやしていた。

伊助は普請場に戻った。


それから三日後のことだった。伊助が長屋から普請場に行ったとき、浅草御門を通ってやってきた左官《さかん》屋が、

「柳原《やなぎわら》の土手で、坊主が野垂れ死んでいたそうだ」

と、言った。

「坊主?」

伊助はとっさに『成田屋』の前で経を読んでいた行脚僧を思い出した。

伊助は棟梁のところに飛んで行って、

「親方。すみません。ちょっと時間をください」

と、頼んだ。

「どうしたんだ、青い顔をして」

「へえ、ちょっと確かめたいことが」

「そうか。わかった」

「へい」

伊助は柳原の土手に向かって走った。『成田屋』の前を小走りで過ぎ、浅草御門を潜って柳原の土手に上がった。川のほうに人だかりがあった。

その中に、京之進を見つけ、伊助は近づいた。

「こら、だめだ」

奉行所の人間が制止した。

「お願いです。植村さまに」

その声が聞こえたのか、京之進が顔を向けた。

「植村さま。大工の伊助でございます」

「伊助か」

京之進が近寄ってきて、

「どうしたんだ？」

と、きいた。

「お坊さんが死んでいたそうですが」

「知っているのか」

「三日前、『成田屋』の前で経を上げていた行脚僧がいたんです」

「『成田屋』の前だと? よし、来い」

京之進は伊助を川っぷちまで連れて行った。そこに筵《むしろ》をかけられてホトケが横たわっていた。

京之進の指図《さしず》で、小者が筵をめくった。

伊助はそっと顔を覗き込んだ。

墨染め衣の僧だ。近くに網代笠が落ちている。笠の内の顔は見えなかったが、顎の髭は見た通りだった。

「どうだ?」

京之進がきいた。

「このお坊さんです。三日前に『成田屋』の前にいたのは」

「…………」

京之進は押し黙った。

「植村さま。このお坊さんはどうやって死んでいたのですか」

顔や髪は濡れているが、僧衣は一部しか濡れていなかった。

「川っぷちでうつ伏せになり、半身を水に突っ込んで死んでいた」

「なんでそんな死に方を……」

背中に冷たいものが走って、伊助は体を震わせた。

三

翌日の朝、青柳剣一郎《あおやぎけんいちろう》は八丁堀《はっちょうぼり》の屋敷で髪結いに髷を結ってもらっていた。奉行所の与力《よりき》・同心の屋敷には毎日髪結いがやってくる。髪結いから世間の噂話を聞くのも日課のひとつだ。

髷を結いながら、そういえば、と髪結いは新しい話題に移った。

「茅町一丁目の『成田屋』という旅籠をご存じでいらっしゃいますか」

「『成田屋』？　確か、五年前に亭主が倒れて、商売がうまくいかなくなって、その後店じまいしたと聞いたが」

剣一郎は答える。

「はい。客の評判もよく、かなり流行《はや》っていたんです。でも、亭主の好兵衛《こうべえ》が倒れてしまい、そのあとで好兵衛の弟が乗り込んできたのですが、倅の好太郎が行方知れずになって三年ほど前にだめになってしまったんです。それ以来、ずっと空き家でした。好兵衛は好太郎が帰ってきたら再興してもらおうと、あそこを売らずに持っているってことでした。でも、好太郎はまだ戻ってきません」

「好兵衛はどうしているんだ?」

「向島の寮で療養しているようですが、寝たきりです。好太郎の妹が世話をしているって話です」

「そうか。気の毒なことだ」

剣一郎はしんみり言う。

「じつは話はこれからでして」

髪結いは幾分神妙《しんみよう》な感じになり、

「青柳さまは幽霊を信じますかえ」

と、きいた。

「いると言えばいるし、いないと言えばいない。ようするに、ひとが心の中に作り出すものではないか」

剣一郎は言ってから、

「まさか、『成田屋』に幽霊が出るというのではないだろうな」

と、苦笑してきく。

「その、まさかでして。店じまいして誰も住んでいない『成田屋』に幽霊が出たんです」

髪結いは怯えたように言う。

「そなたは信じているのか」

「普段はあまり信じないのですが」

「聞こう」

剣一郎は話を促した。

「へい。棟上げの祝いの帰り、大工が若い女に『成田屋』の場所をきかれ、そこまで案内してやったそうです。若い女はこの季節に白地に朝顔の花をあしらった単衣を着ていた。ふみと名乗り、好太郎に呼ばれて行くところだと話したそうです」

髪結いは若い女が『成田屋』に入ってから煙のように姿を消してしまったこと。そして、大工のひとりが翌日に普請中の家の屋根から落ちて死んだことを話した。

「じつは『成田屋』の好太郎が行方知れずになったのは、女中を殺して逃げたっていう噂です。その女中の名はふみ……」

髪結いは怯えたような声で、

「おふみが死んだのは朝顔の季節だったそうです」

「殺されたおふみが好太郎に会いにきたというのか」

「へえ」

「しかし、好太郎は行方知れずになっているのではないか」

「そうなんですが……。でも、それだけじゃありません」

髪結いはさらに続けた。

「それからしばらくして、『成田屋』の前で経を上げた行脚僧が、今度は神田川の川っぷちで死んでいたそうです」

「行脚僧が?」

「はい」

幽霊など信じないが、摩訶《まか》不思議な話だと剣一郎は思った。

「へい、どうもおつかれさまでございました」

髪結いは剣一郎の肩にかけていた手拭《てぬぐ》いをはずして声をかけた。

「ごくろうであった」

「へい。では、失礼いたします」

髪結いが引き上げるのを待っていたように、庭先に二十四、五のすっきりした顔だちの男が立った。

「太助《たすけ》か」

「へい。すみません。勝手に待たせていただきました」

太助は猫の蚤《のみ》取りを商売にしている。猫を飼う人間は多く、猫の蚤取りは流行っている。蚤取りだけでなく、いなくなった猫を捜す仕事もしている。

ある事件がきっかけで知り合い、今では剣一郎の手足となって働いてくれている。

「今の髪結いの話を聞いたか」

「へい。耳に入ってきました」

「そなたもその噂を知っていたのか」

「へえ、瓦版でも派手に書いていますから。どうせ、面白おかしく大仰《おおぎょう》に書いてあるに違いないと思ってましたので」

太助は冷めた声で言う。

「信じていないようだな」

「どうも、あっしはその手の話には乗れません。ようするに大工が屋根から落ちて死んだのと、行き倒れの僧が見つかっただけのことではないかって」

太助は笑い飛ばすように言う。

「そうか。そなたは見かけによらず冷めているな」

「いえ、以前なら信用したかもしれません。でも、これがほんとうなら奉行所だって黙っていないと思ったんです。青柳さまが乗り出すはずです。それがないのは、眉唾《まゆつば》だってことです」

太助にとって剣一郎の存在は絶大のようだった。わしもときには間違いもする。わしの考えが一番だと思うのはいけないことだ。自分で考えよと言ってあるのだが、太助は剣一郎を妄信《もうしん》している。

太助はふた親が早死にし、十歳のときからシジミ売りをしながらひとりで生きてきた。が、ときたま寂しさに襲われることがあり、神田川の辺《ほとり》でしょぼんと川を見つめていたとき、青痣《あおあざ》与力から声をかけられた。

「おまえの親御はあの世からおまえを見守っている。勇気を持って生きれば、必ず道は拓《ひら》ける」

剣一郎の言葉に、太助は勇気を得た。剣一郎に励まされたことが太助の生きる支えになったという。

「いつも言うように、わしの考えに左右されるではない。よいな」

「へい」

返事はいいが、そのことが改まった様子はなかった。

「太助。何か用があったのではないのか」

剣一郎は苦笑しながらきいた。

「はい、そうでした」

太助は額《ひたい》を手のひらでぽんと叩き、

「きのう、小石川《こいしかわ》のお屋敷に行って参りました」

「文七《ぶんしち》、いや、文七郎《ぶんしちろう》に会ってきたか」

文七はこれまで剣一郎のために働いてくれた男で、剣一郎の妻女多恵《たえ》の腹違いの弟だった。

多恵の実家の湯浅《ゆあさ》家で、嫡男の高四郎《こうしろう》が病没。それを機に、湯浅高右衛門《こうえもん》は文七を養子に迎え、湯浅家の跡取りとしたのだ。

長年町人として暮らしてきた文七は武士の作法や仕来《しきた》りなどの習得に苦労して

いると聞いていたので、太助に様子を見に行かせたのだ。

「はい。お会いしてきました。まだ、戸惑うことが多いが、少しずつ馴《な》れてきたと仰ってました」

「そうか」

自由に生きてきた者にとって、何かと制約の多い武家社会に溶け込むには、時間がかかろう。剣一郎はそのことを気にかけ、ときたま太助を会いに行かせた。

剣一郎には気兼ねをして言えないことも、太助には本音をもらすだろうという思いがあった。

太助は文七の後釜《あとがま》であり、太助が文七に教えを乞《こ》いに行く理由は十分にあった。

「でも、お元気そうでした」

「そうか。それはなにより」

「青柳さまにもよろしくお伝えするように言付《ことづ》かって参りました」

「うむ。ごくろうであった」

剣一郎は太助を労《ねぎら》い、

「これから出かけなければならぬ。今夜、もう一度来い。酒でも酌《く》み交《か》わしながら詳しい話を聞こう」

「ほんとうですか、わかりました」

太助は素直に喜んだ。

剣一郎は部屋に戻り、多恵の手を借りて出仕《しゅつし》の支度《したく》をした。

奉行所に出仕した剣一郎は宇野清左衛門《うのせいざえもん》に呼ばれ、年番方《ねんばんかた》与力の部屋に出向いた。

清左衛門は年番方与力として金銭面も含め、奉行所全般を取り仕切っており、清左衛門にへそを曲げられたらお奉行とて何も仕事が出来ないというほどの奉行所一番の実力者である。

与力の出仕は四つ（午前十時）なのだが、清左衛門はいつも早く来ている。年寄りは目覚めが早いのでなと言うが、それだけ役目の量も多いのかもしれない。

剣一郎が顔をだすと、

「青柳どの、向こうへ」

と、文机《ふづくえ》の前から立ち上がった。

「ひょっとして、長谷川《はせがわ》さまが？」

剣一郎は察してきいた。

「そうだ」

長谷川四郎兵衛《しろべえ》は内与力《うち》で、奉行所のもともとの与力ではなく、お奉行が赴任と同時に連れて来た自分の家臣である。お奉行の威光を笠に着て、態度も大きい。そんな内与力の存在に疑問を呈《てい》する剣一郎に対して、四郎兵衛は敵意を剝《む》き出しにしている。

清左衛門は内与力の用部屋の隣にある小部屋に向かった。

「なんの用でしょうか」

「わからぬ。あの御仁《ごじん》のことだ。また、お奉行の体面を保つためのことを青柳どのに何かやらせようとしているのであろう」

小部屋で待っていると、長谷川四郎兵衛がやってきた。ちらっと剣一郎を睨んでから、腰を下ろした。

「ご苦労でござった」

四郎兵衛は口を開く。

「昨日、登城したお奉行が、老中《ろうじゆう》方から責められたそうだ」

「はて、お奉行が老中から責められるとはいったいなんでありましょうか」

「幽霊騒ぎだ」

「幽霊？」

清左衛門がきき返す。

「ご存じないのか」

「店じまいした旅籠の『成田屋』に絡《から》む怪《かい》でござるな。そういう噂があるのは知っておるが、あくまでも噂でしかない」

清左衛門が言い返す。

「その噂がいけないのだ」

四郎兵衛がいらだったように言う。

「解《げ》せませぬな。噂がいけないとは？」

清左衛門は反発する。

「人心《じんしん》を惑わす噂を放置しておいてよいのかという叱責《しっせき》だ」

「しかし、あの噂は瓦版が面白おかしくかき立てたもので、とくに事件というわけでは……」

「しかし、ふたりが死んでいるそうではないか」

「確かに。ですが、ひとりは大工で、誤って屋根から落ちたのであり、もうひとりは行脚僧で、行き倒れかと……」

「青柳どのはどう思われるのか」

四郎兵衛は剣一郎に顔を向けた。

「申し訳ありません。私も詳しくは……」

「青柳どのまで」

四郎兵衛が鼻白《はなじろ》んだように言う。

「長谷川さま。町の噂がご老中になぜそのような動揺を与えているのでしょうか。この幽霊の噂で、町の人々が動揺し、大混乱に陥っているという報告はありませぬ」

「………」

「長谷川どの。なぜ、このことで老中が騒ぎ、お奉行が責められなくてはならないのでしょうか」

清左衛門がきく。

「それは……」

四郎兵衛が言いよどむ。

「何か」

清左衛門が返答を迫る。

「これはお奉行の推察であるが……。あくまでも推察であって、ほんとうかどうかは別だ。そのつもりで」

四郎兵衛は声を潜め、

「大奥《おおおく》だ」

「大奥？」

「半年ほど前、大奥のお女中が納戸部屋で首をくくって死んだそうだ。なにやら苛《いじ》めの末に命を絶ったとのこと。遺書があり、魂魄《こんぱく》はこの世に残り、後世まで祟《たた》るであろうと記されていたそうな」

四郎兵衛は深呼吸をして間を置き、

「最近になって、深夜の見廻りのお女中が暗い廊下の片隅に女が座っていたとか、廊下の角を通り抜けていく姿を見たという話がいくつも報告された。その姿形は首をくくったお女中にそっくりだったそうだ。そんな中に、町中での幽霊騒ぎ。このことが奥女中に伝わって、よけいに恐怖を募《つの》らせた。今大奥ではお女中たちが恐慌を来《きた》しているという」

「それで、幽霊騒ぎを解決しろと？」

清左衛門が確かめた。

「そういうことだ。大奥の件と町中での幽霊騒ぎは関係ないはずだが、いったん恐怖におののいたお女中衆には通じない。お局《つぼね》さまから老中に、町中の幽霊騒ぎを解決してくれたら大奥のお女中も落ち着くだろうと」

「なるほど」

清左衛門は眉根を寄せたまま頷いた。

「お奉行の要請でもある。ぜひ、この件を青柳どのに調べてもらいたい」

剣一郎の本来の役儀は、風烈廻《ふうれつまわ》り与力として風の強い日などに市中を見廻り、不注意による火事の用心や不逞《ふてい》の輩による付け火などの危険を防止することである。

しかし、これまでに何度も難事件の発生のたびに特命を受け、定町廻り同心の支援をしてきた。

「いかがか、青柳どの」

清左衛門が剣一郎に顔を向けた。

「お話の趣旨《しゅし》、よくわかりました。大奥のことがなくとも、市中での幽霊騒動を放ってもおけませぬ。承知つかまつりました」

「やってくれるか」

四郎兵衛はほっとしたようにため息をつき、

「頼んだ」

「しかし」

清左衛門が口をはさんだ。

「青柳どのの調べにて、やはり幽霊としか考えられないとなったらいかがいたしましょうか」

「そのときは……」

四郎兵衛は言いさした。

「なんでござるか」

清左衛門が促す。

「なぜ、お奉行が青柳どのに探索をお命じになられたかを考えられよ」

「はて」

清左衛門は首を傾げた。

「わからぬか」

「もしや、ほんとうに霊の仕業《しわざ》だったとしても、ひとの企《たくら》みだったことにせよということでは？」

剣一郎はお奉行の腹の内に気づいて言う。

「そういうことだ。世間は青柳どのが調べたことには何ら疑いをはさむまい。青柳どのが断定すれば、そのとおりになる」

「私に嘘《うそ》をつけと」

「嘘も方便《ほうべん》だ」

四郎兵衛は平然と言う。

「なんと」

清左衛門が呆《あき》れ返った。

「では、頼みましたぞ」

四郎兵衛は立ち上がり、逃げるように部屋を出て行った。

「まったく勝手なお方だ。お奉行の体面を守ることしか考えておらぬ」

清左衛門が吐き捨てる。

「ともかく、調べてみます」

「京之進から話を聞くことにしよう」

清左衛門は市中に探索に出ている京之進を呼びに行かせた。

四

半刻（一時間）後、年寄同心詰所で剣一郎と清左衛門は京之進と向かい合った。

「お奉行から幽霊騒動を早く解決せよと言いつかった。それで、青柳どのに加勢をお願いすることにした」

清左衛門が口を開く。

「青柳さまにお出ましいただけるのはありがたいことでございます。なにしろ、皆目見当《かいもくけんとう》もつかず、頭を悩ませておりました」

京之進はすぐさま応じた。

「では、さっそく話してもらおうか」

「はい。私の動きからご説明いたします」

京之進は切りだした。

「今月の十三日の夕刻、私は柳橋《やなぎばし》の船宿《ふなやど》に聞込みに行ったのですが、その帰り、茅町二丁目の普請場から悲鳴が聞こえ、駆けつけたところ、大工の安吉が二階の屋根から転落し、頭を打ってすでに絶命しておりました。棟梁の源五郎と大工の伊助の話では、安吉は屋根の上であらぬ方向に顔を向けて茫然としていたそうです。そして、急に足を滑らせたのか体勢を崩し、そのまま転落した。ふたりが駆けつけたとき、安吉はまだ息があり、屋根に女が、と呟いたそうです。それが最期の言葉だったということです」

剣一郎は黙って頷《うなず》き、先を促す。

「屋根に女とはどういうことだときくと、伊助がこんな話をしました」

そう言い、京之進は続ける。

「前日の棟上げの夜、安吉とふたりで呑んで帰る途中、若い女に旅籠の『成田屋』の場所をきかれ、店《たな》の前まで案内したそうです。『成田屋』は店を畳んでおり、建物は残っていますが、誰も住んでいません。それなのに、若い女は潜り戸から中に入って行ったそうです。誰かが、中から開けたのです」

京之進は半拍の間をとって、

「ふたりは、誰も住んでいない家に妙だというので裏から入り、安吉だけが建物の中に入って女を捜した。でも、どこにも女はいなかった。女を引き入れた者ももちろん見当たらない。潜り戸は心張り棒がしてあったので、潜り戸から出て行ったとは考えられない。庭で待っていた伊助に、建物から出てきた安吉はそう言いました。それで伊助は、気持ち悪くなって早く出ようと言ったところ、安吉が二階の屋根を見て顔を青ざめさせていたそうです。伊助がきいたら、屋根に女がいたと。しかし、伊助は何も見ていません」

京之進は深呼吸をし、

「伊助はそのときの女を見て、屋根から落ちたのではないかと言うのです。もちろん、俄《にわ》かには信じられませんでしたが、その若い女はふみと名乗り、好太郎さんに呼ばれて『成田屋』に行くと言っていたそうです。じつは、好太郎とは『成田屋』の伜で、三年前に女中を殺して逐電《ちくでん》したことになっているのです」

「その女中の名がふみというのか」

剣一郎は思わずきいた。

「はい。声をかけてきた女は季節外れにも、白地に朝顔の花をあしらった単衣を着ていたそうです。おふみが死んだのは六月の朝顔の季節です」

「おふみが好太郎に会いに『成田屋』に行ったというのか」

清左衛門が口をはさむ。

「はい」

「好太郎がおふみを殺したことは間違いないのか」

剣一郎はきいた。

「いえ、はっきりした証《あかし》があったわけではありません。ただ、おふみは首を絞《し》められて柳原の土手で死んでいましたが、好太郎とおふみが柳原の土手を歩いて行くのを見ていた者がいました。その後、好太郎が姿を晦ましたので、おふみを殺して逐電したのだろうということに……」

「おふみの霊だとして、なぜおふみは自分を殺した好太郎に会いに行くのだ？」

剣一郎は疑問を呈《てい》する。

「ひょっとして好太郎が『成田屋』に戻ってきたと思ったのではないかと考え、『成田屋』の主人好兵衛の弟の光右衛門《こうえもん》に頼んで『成田屋』を調べさせてもらいました。でも、ひとが暮らした形跡はどこにもありませんでした」

「『成田屋』を預かっているのは光右衛門なのか」

「はい。『成田屋』についてはこういう事情があります」

と、京之進は説明をはじめた。

「旅籠の『成田屋』は好兵衛の人柄のよさと女将《おかみ》のおとよの愛想《あいそ》のよさで客が多く、繁盛していました。ところが五年前におとよが倒れ、そのままあっという間にいけなくなりました。さらに、好兵衛が原因不明の病で床《とこ》に就《つ》きました。しばらくは叔父の光右衛門が好太郎の後見になって『成田屋』の面倒をみていたのですが、二年後に好太郎があんな事件を起こしたこともあって、『成田屋』はじり貧になって光右衛門も手を引き、とうとう廃屋同然に」

「好兵衛は『成田屋』を処分しないのか」

「好兵衛は向島の寮で、娘のおこうの看病で養生していますが。息子の好太郎が必ず帰ってくると信じているそうです。帰ってきたら、『成田屋』を再興してもらう。それが楽しみだそうです」

「好兵衛は好太郎にかけられた疑いを知らないのか」

「ええ。教えていないようです」

「そうか。今、『成田屋』で残っているのは好兵衛と娘のおこうのふたりか」

「そうです。そういう中での、今回の騒ぎです」

「おふみの姿を見ているのは伊助だけだな」

清左衛門が厳しい顔できく。

「伊助はほんとうのことを話しているのか。伊助が安吉を殺そうと企んだということはないのか」

「ありません」

京之進は言下《げんか》に否定した。

「伊助はまじめな大工で、安吉を兄貴と慕《した》っていたそうです。それに、安吉が屋根から落ちたとき、棟梁の源五郎もいっしょでした。安吉の死に際の、屋根に女という声は源五郎も聞いていました。それから」

京之進は続ける。

「伊助たちの長屋に夢道という大道易者がおります。この男が三月十二日の夜に長屋木戸を閉めようとしたとき、伊助と安吉が帰ってきました。そのとき、安吉を見て、あまりにも生気のない顔に驚いて、伊助にわけをきいたそうです。伊助の話を聞いて、最近、『成田屋』で夜中に明かりが見えたり、物音がしたりとあやしい気配がするという噂を聞いたことを思い出したと言ってました」

「夜中に明かり……」

清左衛門が呟く。

「近所の者が何人か明かりを見ていました。今では、その明かりは人魂《ひとだま》ではなかったかという噂になっているそうです」

「うむ」

「それから、先日は柳原の土手で、墨染め衣の行脚僧が川に半身を突っ込んで死んでいました。伊助がこの僧が『成田屋』の前で経を上げていたのを見ていました」

「死因は？」

剣一郎がきく。

「わかりません。川に半身だけ突っ込んでいましたが、溺死《できし》ではないようです。ただ息が詰まったようで目が血走っていました。それから」

京之進は息を詰めた。

「その場所は、三年前に女中のおふみの亡骸がみつかった近くでした」

「なんと」

清左衛門が唸った。

「この行脚僧は『成田屋』の前で経を上げていただけでなく、その晩、裏の壊れた塀の隙間から『成田屋』にもぐり込んで、一泊した形跡がありました。行脚僧は金など持っていそうもなく、物取りの仕業とも思えません。見かけは、行脚僧に持病があり、急に苦しくなって息が詰まり、そのまま死んでしまって川に倒れ込んだとしか思えません」

京之進は顔をしかめ、

「安吉の場合も、上辺《うわべ》は事故としか考えられないのです」

と、ため息をついた。

「不思議だ」

清左衛門が呟くように言う。

「それから、もうひとつ妙なことが」

京之進は小さな声で言う。

「なんだ?」

清左衛門が不安そうな顔できく。

「これは誰にも話していないのですが……。もちろん、伊助にも話していません」

京之進はそう前置きをして、

「じつは、安吉が『成田屋』の中に入ったとき、二階の座敷に落ちていた簪を拾《ひろ》ってきたのです。透かし彫りで朝顔の文様を施した銀製の平打簪です。伊助たちは薄気味悪くなって、その簪を庭に捨てて『成田屋』から飛び出したそうですが、あとで『成田屋』を調べたとき、庭にその簪が落ちていました」

　京之進は大きく息を吐いて、

「その簪を持って、おふみの実家を訪ねました。実家は宮城村《みやぎむら》で、西新井大師《にしあらいだいし》の近くの百姓家でした。二親《ふたおや》は健在で、その簪を見せたところ、おふみのものだと母親が言ったのです。若旦那にもらったと喜んでいたそうです。ただ、母親が言うには、この簪は娘の亡骸といっしょに埋めたはずだと」

「…………」

　剣一郎はすぐに声が出せなかった。

「さらに、母親が言うには娘は朝顔が好きで、その模様の入った単衣を亡骸といっしょに埋めたそうです」

　京之進はふと思い出したように、

「そう、もうひとつありました。おふみは子どものころから猫好きだったそうで、猫を何匹も可愛がっていたようです。『成田屋』に向かう若い女の足元にも猫がついてきたと、伊助が言ってました」

「ばかな」

　清左衛門が叫んだ。

「おふみが土の中から出てきて『成田屋』に行ったと言うのか」

「わかりません。ただ、このことが知れると、また大騒ぎになると思い、誰にも話さないようにしています」

「よき判断だ」

剣一郎は京之進の考えを讃《たた》えた。

「ただ、安吉が死に際に、屋根に女がと言ったことは、伊助や棟梁の源五郎に口止めしたにも拘《かかわ》らず、知られてしまいました。ひょっとして、このことも知られてしまうのではという不安があります」

「そうか」

剣一郎はなぜか息苦しさを覚えた。怪異《かいい》な話を聞いたからか。いや、どこからどう考えていけばいいのか、すぐに思い付かないからかもしれない。

かつてこういうことはなかった。どんな事件でも、探索のとっかかりはすぐに摑めた。だが、今はそれがない。

「以上でございます」

京之進が頭を下げた。

「まさか、これほど怪異な話とは思わなかった」

清左衛門が表情を強張らせて言い、

「青柳どの、いかがか」

と、きいた。

「まだ、考えがまとまりませぬ。このようなことははじめてです」

剣一郎は正直に答えた。

「うむ、これでは京之進が頭を抱えるのも無理はない。下手人がいないのだからな」

「恐れ入ります」

「京之進」

剣一郎は呼びかける。

「はい」

「もう一度、確かめるが安吉を恨《うら》んでいる者はいなかったか」

「はい、いませんでした。伊助も源五郎も、安吉はひとから恨まれるような男ではないと言ってました。それから、安吉が死んで得をするような者もひとりもいませんでした」

「屋根の上に、滑りやすくする油や蠟《ろう》が塗られていた形跡はどうだ?」

「源五郎に確かめてもらいましたが、そういうことはまったくありませんでした」

「そうか」

やはり、安吉は何かを見た驚きで足を滑らせたのか。

「屋根に女が乗っているのを見た者がいなかったか、周辺に聞込みをかけたか」

「はい。念のためにきいてまわりました。しかし、誰も見ていません。という
か、誰も屋根の上を気にしていなかったようです」

「よし、わかった。ごくろうだった」

剣一郎は京之進を労い、

「宇野さま。さっそく探索をはじめます」

と、覚悟を示した。

「青柳どの、頼みましたぞ」

清左衛門がすがるように言った。

その日の昼過ぎ、剣一郎は着流しに編笠《あみがさ》をかぶり、浅草御門を抜けた。

通りに面して右手に『成田屋』が見えてきた。剣一郎はその前に立った。

大戸が閉まっている。剣一郎は潜り戸に手をかけてみた。開かなかった。やは

り、心張り棒がしてあるのだ。

おふみと名乗った女が入るには、中から心張り棒をはずしてもらうしかない。

そのとき、中に誰かがいたとしか考えられない。

剣一郎は裏手にまわった。安吉と伊助が侵入した塀の穴は板で塞がれてあると
いうことだったが、今は板がはずされていた。誰かが入ったのかと思っている
と、図体《ずうたい》の大きな男が中から這《は》うようにして出てきた。

男は剣一郎を見て、飛び上がった。

「なんでえ、おどかすねえ」

髭面のいかつい顔だが、三十には届いていないようだ。

「ここで何をしていた？」

「幽霊見物だ。何もありゃしねえ」

そう言い、脇をすり抜けようとした。

「待て」

剣一郎は呼び止めた。

「なんでえ」

「そなたの名は？」

「名だと。ひとに名をきくならまず自分から名乗りやがれってんだ」

「では、名乗ろう。南町与力の青柳剣一郎だ」

「なんだと」

男は驚いて無遠慮に編笠の中を覗き込んだ。

「あっ」

男は目を見開き、

「これは青柳さまで」

と、態度が一変した。

「どうも、恐れ入りやした。あっしは小網町《こあみちょう》一丁目に住む権蔵《ごんぞう》と申しまして……。へえ、ちょっと噂の幽霊屋敷を見物に」

権蔵はずるがしこそうな笑みを浮かべた。

「昼間から幽霊が出るとは思えぬが。何か他に魂胆《こんたん》があって忍び込んだのではないか」

「違うんで」

あわてて、権蔵が手を振り、

「じつは昨夜、ここに忍び込んだんです」

「何、昨夜？」

「へえ。長屋の小金を貯めている男と賭けをしましてね。この旅籠で半刻過ごしたら今戸《いまど》の料理屋でたらふく呑ませてくれるってんで」

「くだらぬことを。それで、どうした？」

「へえ。部屋の中で過ごしていたんですが、だんだん、なんとも言えぬいやな感じがしてきて。妙にあったかい夜なのに背筋が寒くなってきたんです。どうにか半刻経って、逃げるように引き上げた後、煙草《たばこ》入れを忘れたことに気づいて、今とってきたんです」

　そう言い、権蔵は手に持っていた煙草入れを見せた。

「旦那、ほんとうです」

「仕事は何をしているんだ？」

「へえ、箱崎町《はこざきちょう》にある『北前屋《きたまえや》』という回船問屋《かいせんどんや》で荷役《にやく》をしてますんで」

「そうか。もう二度とばかげたことをするでない」

「へえ」

「待て」

　権蔵を呼び止め、

「ちゃんと塀の穴を塞いでいけ」

と、命じた。

「へえ」

権蔵は板を持ち、落ちていた釘を拾って石で打ち付けた。

「よし」

剣一郎は見届けてから、権蔵を解放した。

五

剣一郎は表通りに出て、茅町二丁目の普請場に向かった。

一町（約一〇九メートル）ほど離れて普請場があった、だいぶ、家が建ち上がっている。剣一郎が着いたときに、ちょうど小休みをとるところだった。

剣一郎は棟梁の源五郎に近づき、

「ちょっとよいか」

と、編笠を上に押し上げて声をかけた。

「青柳さま」

源五郎は立ち上がった。

「『成田屋』の件で話をききたい。伊助も呼んでもらいたい」

「へえ」

源五郎は応じてから、

「伊助」

と、大工仲間が固まっているほうに声をかけた。

その中から若い男がやってきた。

「伊助、青柳さまが話をお聞きになりたいそうだ」

伊助は畏《かしこ》まって頭を下げた。

「編笠はこのままで失礼する」

剣一郎はそう断った。

剣一郎の左頰《ほお》には、若いころに押込み一味にひとりで立ち向かった際に受けた傷が、青痣となって残っていた。その青痣が甘い顔立ちの剣一郎を精悍《せいかん》な雰囲気にさせ、その後の活躍もあっていつしか江戸の人々から青痣与力と呼ばれ、畏敬《いけい》の念をもたれるようになっていた。

そのため、青痣与力と気づくと、何事かと騒ぎになってしまう。そういう気を使わせないために、編笠で顔を隠しているのだ。

「若い女に声をかけられたときの話を聞かせてくれぬか」

剣一郎は促す。

「へい」

と言い、伊助はそのときの話をはじめた。

京之進から聞いた話と大差はなかった。

最後まで聞き終えてから、剣一郎は細かいことを確かめた。

「『成田屋』を外から見てきた。潜り戸は開かなかった。ふみという若い女は確かに潜り戸から中に入ったのだな」

「そうです。戸が開いて、すっと入りました」

伊助は強張った表情で答える。

「そのとき、中に人影を見たか」

「いえ、暗かったのでわかりませんでした」

「そのあとで、裏にまわって壊れている塀を塞いでいる板をはずして中に入ったそうだが、以前にも誰かが板をはずした形跡はあったのか」

「いえ、ありません。釘は錆びついていて安吉兄貴が抜くのに苦労していました」

「すると、そこからひとが自由に出入りをしていた形跡はなかったということか」

「はい」

「他に、『成田屋』に忍び込める場所はあるか」

「いえ、ないと思います」

「安吉はなぜ、建物の中まで入ったのだろうか」

剣一郎は疑問を口にする。

「若い女が廃屋に入って行ったんで気になったんだと思います。あっしも気になりましたが、なんだか薄気味悪くて建物には入れませんでした」

「安吉の様子がおかしいと思ったことはなかったか」

「屋根の上に何かを見つけてからです」

「その前に簪を見つけて持ってきたそうだが？」

「はい。二階の座敷に落ちていたそうです。女が落としたのではないかと言ってました。そういえば、そのときから少し様子がへんでした。それから二階の屋根に女を見たようでした」

「そなたは気づかなかったのか」

「はい」

「安吉はそのこと以外で何か言っていなかったか」

「いえ」

「そうか。で、安吉が屋根から落ちたときのことだが、安吉は屋根に女が、と言ったそうだな。『成田屋』の屋根を見ていたのか」

「方角はそうです」

伊助は答える。

「安吉は身軽で高い場所もまったく苦にしない男でした。そんな男が足を滑らせたのですから、よほどのことがあったんじゃないかと」

源五郎が青ざめた顔で言い、

「あれから、みんな屋根に上っても意識して『成田屋』のほうを見ないようにしているようで、なんだか動きもぎこちないんです。青柳さま。どうか早く、この騒ぎを落ち着かせてください」

と、最後はすがるように言った。

剣一郎は黙って頷いたあと、

「ところで、大道易者の夢道はいつもどこで商売をしているのだ?」

と、伊助にきいた。

「浅草御門の近くで商売をしています」

伊助が答える。

「きょうはいないようだったが」

剣一郎は浅草御門を通るとき、周辺を見まわしたが、易者の姿はなかった。

「じゃあ、きょうは休んでいるのかな」

「長屋にいるのか」

「だと思います」

「夢道からも話をききたい。長屋はどこだ?」

「へい。元鳥越町です」

「伊助、近いんだ。青柳さまをご案内してこい」

源五郎が言う。

「いや、場所を教えてもらえればいい」

剣一郎は言ったが、伊助はもうその気になっていた。

「どうぞ、ご案内します」

伊助が言う。

「すまぬな」

源五郎にも礼を言い、剣一郎は元鳥越町の裏長屋に向かった。

長屋木戸を入ってとば口にある住いの腰高障子を叩き、伊助は戸を開けた。

「夢道さん」

だが、伊助はあれっと声を上げた。

「留守のようだな」

剣一郎は中を覗き込んで言う。

「へえ」

伊助は首を傾げ、

「どうしたんだろう。まさか」

と、不安そうな顔になった。

「心当たり、あるのか」

「へえ。もしかして、『成田屋』に……」

「『成田屋』だと？」

「ずいぶん、あのことを気にしてましたから、『成田屋』に行ったのかもしれません」

「行ったとしたらいつだ？」

「二、三日前です。まさか、またおふみの亡霊に……」

伊助は青ざめた顔で言う。

「考えすぎだ。きょうはどこか別の場所で商売をしているのかもしれぬ」

「へえ」

伊助は怯えたように言う。

そのとき、煙草売りの男が駆け込んできた。

「あっ、青柳さま」

男は剣一郎を見てあわてて会釈をした。

「どうしたんだ？」

「へえ、三味線堀《しゃみせんぼり》に夢道さんらしい男が浮かんでいたんです。辻番の番人が堀から引き上げたところに私が通り掛かりました。いつも浅草御門の傍で商売をしている夢道さんに似ているので、大家さんに確かめてもらおうと思いまして」

「あっしが行きます」

伊助が悲鳴のような声を上げた。

「よし、案内せよ」

剣一郎は煙草売りの男に言う。

「では」

男は先に立った。


三味線堀にやって来ると、秋田藩佐竹《さたけ》右京《うきょうの》大夫《だいぶ》の上屋敷前の堀沿いにひとだかりがしていた。

剣一郎は編笠をはずして駆けつけた。

「南町与力の青柳剣一郎だ」

「ごくろうさまです。どうぞ」

ホトケに莚がかぶせられていた。

辻番の番人が莚をめくった。

顔を覗き込んだ伊助があっと声を上げた。

「夢道さん」

伊助がその場にくずおれた。

「どうしてこんなことに……」

剣一郎は亡骸《なきがら》を検めた。腹部に刺し傷があった。死んだあとに堀に落とされたようだ。

傷《いた》み具合から、長いこと水に浸《つ》かっていたようだ。殺されたのは昨夜より前だろう。この時間まで亡骸が発見されなかったのはなぜか。

剣一郎は辻番の番人にきいた。

「そこにもやってある川舟の下に隠れていたんです。風で舟が動いて死体が見えたというわけです」

「昨夜、ひとの争う声を聞いたか」

「いえ、そういう声は聞いていません。他の番人も聞いていないはずです」

「わかった」

「青柳さま」

伊助が怯えた声で、

「『成田屋』に行ったからでしょうか」

「匕首《あいくち》で刺されている。幽霊の仕業《しわざ》ではない」

「でも、どうしてこんな不幸が続くのでしょうか」

向柳原《むこうやなぎわら》のほうから京之進が駆けつけてきた。

「青柳さま」

「大道易者の夢道だ」

「えっ」

京之進は息を呑んでホトケに近づいた。

検め終えて、京之進は立ち上がった。

「殺されたのは昨夜より前のこと」

剣一郎は言う。

「おそらく下手人に、ふいに襲われたのではないか」

「まさか、夢道は『成田屋』に？」

京之進は伊助にきいた。

「行ったと思います。ずいぶん気にしていましたから」

「行ったのか」

京之進はため息をついた。

「伊助。普請場に戻らなくていいのか」

「ええ」

伊助は混乱していた。安吉に続き、夢道まで不審な死を遂《と》げたのだ。

その夜、剣一郎は八丁堀の屋敷で太助と会っていた。

「今度は大道易者の夢道さんが死んだんですかえ」

「夢道を知っているのか」

「ええ。浅草御門の近くを通るとき、いつも見かけていました。結構、当たるって評判でしたが」

太助はしんみり言う。

「どうやら、夢道も『成田屋』に忍び込んだらしい。夢道は匕首で刺されていた。つまり下手人がいるということだが、そういう不幸に見舞われたのは『成田屋』に忍び込んだせいだと世間には思われるだろう」

「あっしも気にして聞き耳を立てていますが、この幽霊騒ぎはかなり広まっています」

太助は不安そうな顔で、

「ほんとうに怨霊《おんりよう》に祟られたせいでしょうか」

「わからぬ。これで三人が死んだが、安吉は事故だ。行脚僧は行き倒れ、夢道は殺された。単に偶然が重なっただけだという見方も出来るが……」

「でも、そんな偶然が……」

「太助に調べてもらいたいことがある」

「へい、なんなりと」

「なんだ、声が震えているぞ」

剣一郎は太助の顔を覗き込む。

「違います。幽霊なんて怖くありません」

「太助、強がらずともよい。怖いものは怖いのだ」

「いえ、だいじょうぶです。何をやるんですか」

「おふみのことを調べてもらいたい」

「おふみですかえ」

「安吉は『成田屋』の座敷で、透かし彫りで朝顔の文様を施した銀製の平打簪を拾った。じつはこれと同じ簪を、おふみは好太郎からもらって大事にしていたそうだ。その簪はおふみの亡骸といっしょに埋めたという」

「…………」

太助は固まったようにじっとしている。

「それから、同じように朝顔の模様の入った単衣も亡骸といっしょに埋めた……」

「青柳さま、やめてください」

太助は悲鳴を上げた。

「やはり、怖いか」

「そういうわけじゃ……」

「なんだ、汗をかいているではないか」

剣一郎は苦笑し、

「実家周辺で、おふみが亡くなった当時のことを聞いてくればよい」

「わかりました」

太助は安心したように言う。

「おふみの墓を掘り返さずに済めばいいが……」

「青柳さま、今なんと？　おふみの墓を掘り返す？」

太助は声が震えていた。

「心配するな。そんなことにはならぬ」

剣一郎は否定したが、内心ではそのことを考えねばならぬときがくるかもしれないと思っていた。

第二章　侵入

一

ふつか後の朝、奉行所で剣一郎は京之進の報告を聞いた。

「柳橋の船宿《ふなやど》から帰る途中の足袋《たび》問屋の主人が、五日前の夜に『成田屋』の裏のほうに歩いて行った易者《えきしゃ》の夢道を見てました。夢道が『成田屋』にもぐり込んだのは間違いないと思われます」

「そうか」

「で、殺された日のことですが、夢道はいつものように浅草御門の近くで商売をしていました。その日の客にききましたが、夢道は普段と様子が違っていたようです。その客の話では、筮竹《ぜいちく》を落としてしまったというのです。なんとかごまかしていたそうですが、どうしたんだろうと思っていたと……」

「何か他のことを考えていたようだな」

それは『成田屋』でのことと無関係ではあるまいと、剣一郎は思った。

「その日は夕方七つ（午後四時）に商売を切り上げたようです。いったん長屋に帰り、夜の五つ（午後八時）に長屋を出ています。大家が見ていました。武家地のほうに向かったと言いますから三味線堀に行ったのでしょう」

「なぜ、三味線堀に向かったのかは謎《なぞ》だな」

「はい。ただ、辻番所の番人は夢道に気づいていません。もう少し、調べてみますが」

「わかった。十分に気をつけてな」

つい、剣一郎も用心深くなっていた。

昼過ぎになって、『成田屋』で会った権蔵という男が気になった。肝試《きもだめ》しで『成田屋』に忍び込んだのだ。

夢道のこともあり、不安になった。

伊助も『成田屋』に忍び込んだが、建物の中には入っていない。建物の中に入った と考えられる者には災《わざわ》いが起こっている。

権蔵も部屋に上がり込んでいるのだ。

剣一郎は奉行所を出て、箱崎町にある回船問屋『北前屋』に向かった。日本橋川沿《にほんばしがわ》いの鎧河岸《よろいがし》を過ぎ、箱崎橋を渡って、やがて『北前屋』の大きな看板が見えてきた。

船着場に船はなく、店の前は静かだった。

剣一郎は土間に入り、番頭ふうの男に、

「荷役《にやく》の権蔵はいるか」

と、訊《たず》ねた。

「これは、青柳さま。少々、お待ちください」

番頭は荷役頭《がしら》の男に、

「権蔵を呼んでおくれ」

と、声をかけた。

「番頭さん。権蔵は具合が悪いと言って帰りましたぜ」

「なに、帰った？」

剣一郎は聞き咎《とが》めた。

「具合が悪いとは？」

「へえ、熱があるらしく、体がだるいと」

　荷役頭が答える。

「今までそういうことはあったのか」

「いえ、はじめてです。力が強く、体だけは頑丈《がんじょう》な男です」

「いつからだ？」

「今朝《けさ》から様子がおかしかったようです」

「権蔵は長屋に帰ったのか」

「そうだと思います」

「長屋は小網町一丁目だったか」

「そうです。思案橋《しあんばし》を渡って、すぐの裏長屋です」

　場所を聞いて、剣一郎は『北前屋』を出た。体も大きくがっしりとたくましい体つきの権蔵は、仮に熱を出したとしても、それを撥《は》ねのけるだけの気力がありそうだった。やはり、『成田屋』の件と結びつけないわけにはいかなかった。

　鎧河岸を過ぎ、思案橋を渡って小網町一丁目に入る。教わった長屋はすぐにわかった。

　木戸を入る。路地に恰幅《かっぷく》のよい四十過ぎの男と二十七、八歳の女が真剣な表情で話し込んでいた。

剣一郎は編笠《あみがさ》をとって近づく。

男が気配に気づいて振り返った。

「あっ」

男はびっくりしたような顔をした。

「これは青柳さまで」

「驚かせてしまったかな」

「いえ」

男は頭を下げ、

「私は大家の清兵衛《せいべえ》でございますが、なにか」

と、不安そうにきいた。

「権蔵という者はこちらに住んでいるか」

「はい、おります。権蔵に何か」

「『北前屋』を訪ねたら、具合が悪くて帰ったと聞いた。少し、会いたいのだが」

「はい。この人が権蔵のかみさんです」

清兵衛は女を引き合わせた。

「女房のたけでございます」

女房は怯《おび》えたように名乗った。

「そうであったか」

「青柳さま。権蔵に何かございましたか」

清兵衛がもう一度きいた。

「いや、ちょっとききたいことがあったのだ。権蔵はいるのか」

「それが……」

おたけが言いよどんだ。

「青柳さま。権蔵は今、ふとんをかぶって寝ています」

「どこか悪いのか」

「それが……」

清兵衛が戸惑う。

「どうした？」

「二、三日前から様子がおかしいのです」

「おかしい？」

剣一郎は心が騒いだ。

「どういうことだ？」

「はい。じつは……」

清兵衛はまたも言いよどむ。

「わしは権蔵が『成田屋』から出てきたとき出会った。その後のことが気になってやってきたのだ」

「『成田屋』のことはご存じでしたか」

清兵衛は表情を曇らせて、

「私どもは困惑しているのです。『成田屋』に忍び込んでから権蔵の様子がおかしいのです」

「やはり『成田屋』か。何かおかしなことが？」

「はい。権蔵は、自分の弔《とむら》いを見たと言っています」

「自分の弔い？　どういうことだ？」

剣一郎は耳を疑った。

「そもそもは、直吉《なおきち》の冗談から出たことでして」

「肝試しの賭けか」

「そのこともご存じで？」

「権蔵から聞いた」

「さようでございましたか。ここではなんでございます。どうか、私のところにお寄りください」

「いや。まず権蔵から直接話を聞きたい」

「わかりました。おたけ」

「はい」

おたけは頷《うなず》き、どうぞと剣一郎を招じた。

戸を開け、土間に入る。ふとんをかぶって寝ている男がいた。毛むくじゃらの太い足がふとんからはみ出ている。

「おまえさん」

おたけが声をかける。

「うるせえなぁ」

「青柳さまがお見えですよ」

権蔵がふとんから起き上がって顔を出した。

「あ、青柳さま」

青ざめた顔で言う。

「どうした、何があったのだ？」

「どうもこうもねえ。自分の弔いに出くわしてしまったんですよ」

権蔵は怯《おび》えて泣きそうな声を出した。

「詳しく話してもらおう」

剣一郎は刀を腰からはずし、上がり端《はな》に腰を下ろした。

「肝試しの賭けに勝ったんで、直吉って男が約束どおり、今戸の有名な料理屋で馳走《ちそう》してくれたんです。酒をたらふく呑《の》んで、気持ちよくなって料理屋を出ました。いい気分で歩いていたら、寺が並んでいる通りにやってきたんです。そんとき、目の前を横切って行く弔いの一行を見かけたんです。こんな夜に、と訝《いぶか》って一行の先頭を見たら大家さんでした。んで、おやっと思いました。後ろで棺桶《かんおけ》を担《かつ》いでいるふたりも長屋の人間でした。そして、棺桶の横にいる白装束の女はおたけだったたんです」

権蔵はがたがた震えだした。

「あっしは狐《きつね》か狸《たぬき》に化かされたんだと思いました」

「いっしょにいた直吉はなんて言っているんだ？」

「不思議がっていました」

「弔いの一行を、直吉も見たのか」

「見てました。あっしが驚いて行列に向かって行こうとしたら、やめろと直吉が止めたんです。そんなはずはねえと」

「それで、その後は？」

「あっしは怖くなって、その場から逃げ出したんです。でも、落ち着かなくて、居酒屋に入ってまた呑んだんです」

「面妖《めんよう》だな」

剣一郎は首を傾《かし》げた。

「まだ、あるんです」

権蔵が続ける。

「次の日、きのうのことだ。長屋の木戸を出たところに網代笠《あじろ》をかぶった坊主が立っていました。俺の顔を見るなり、何か崇《たた》られていると」

「………」

「何か変わったことがないかと言うんで、きのう自分の弔いの一行に出会ったと言ったら、その坊主は首を横に振りました。なんだってきいたら、自分の野辺《のべ》送りを見た者は必ず死ぬと」

「僧侶がそんなことを言ったのか」

剣一郎も驚いてきき返す。

「へえ。その坊主が言うには、以前にも館林《たてばやし》のご城下で、死相の出ている男に出会ったことがあり、事情をきいたら、自分の野辺送りの一行を見たと答えたそうです。それから数日して、その男は死んだと」

権蔵の顔から血の気が引いていた。

「ちくしょう。どうしたらいいんだ。こんなことになるなら、『成田屋』なんかに行かなければよかった」

権蔵は呻《うめ》くように喚《わめ》いた。

「落ち着け」

剣一郎はたしなめ、

「祟りなどあるはずない。気をしっかり持て」

と、力づけた。

「でも、自分の弔いを見たのは確かです。この目で、大家さんもうちの奴も見たんだ」

権蔵はがたがた震えだした。

「権蔵。仮に、魔がいたとしても、魔はそのような弱った心に入り込んでくるのだ。恐れるでない。気をしっかり持て」

「へえ」

「しばらく、長屋から出るな。傍《そば》に誰かいれば、だいじょうぶだ。よいな」

「へえ」

「それから、恐いからと言って酒に逃げるな」

剣一郎は枕元にある徳利《とっくり》を見て言う。

「酔えば悪夢を見る」

剣一郎は注意を与え、おたけに向かい、

「よいか、権蔵をひとりにするな。長屋の者の力を借り、常に誰かが付き添っているように」

と、助言する。

「わかりました」

おたけは硬い表情で言う。

「では、権蔵。また、来る。恐れるなよ、よいな」

「へい」

剣一郎は立ち上がった。

大家の清兵衛が不安そうに佇《たたず》んでいた。

「話を聞こう」

外に出て、剣一郎は清兵衛に言った。


大家の家の客間で、剣一郎は清兵衛の話を聞いた。

「直吉は小間物《こまもの》を商っている男で、一番奥に住んでおります。井戸端で、『成田屋』の怨霊《おんりょう》のことが話題に出て、みなが怖がっているところに権蔵が通り掛かって、みなをばかにしたのです。それで、直吉が『そんなら権蔵さん、夜に成田屋に忍び込んで半刻でもいいから過ごせるか』と言ったのです。権蔵は朝飯前だと笑い、だったらやってみろと言い合いになって、直吉が『もし、半刻でも過ごしたら料理屋で酒を浴びるほど呑ませてやる』と……」

大家は顔をしかめ、

「私もおたけも、ばかな真似《まね》はやめるように言ったのですが、権蔵は酒を馳走になれると聞いて、その気になってしまい、ほんとうに『成田屋』に忍び込んだのです。それで、約束どおり、次の日の夜、今戸の有名な料理屋にふたりで行ったんです」

　大家はため息をつき、

「こんなことになるなら、やめさせるべきでした」

　と、悔やんだ。

「権蔵の話をどう思っているのだ？」

「俄《にわ》かには信じられませんでした。権蔵は直吉も見たと言っていますが、直吉が見たのは数人の男女が一列になって歩いているところだったそうです。法事があったのではないかと、直吉が言ってました」

「それを権蔵は、自分の弔いの一行を見たというのか」

「はい。そのことを話しても、権蔵は納得しないのです」

「直吉は何時ごろ帰ってくるのだ？」

「いつも夕方になります」

「おまえさん」

　清兵衛の女房が声をかけた。

「さっき、直吉さんが帰ってきたようですよ」

「なに、帰ってきた？　ここに呼んでおくれ」

「はい」

女房が長屋路地に面した裏口から出て行った。

「直吉が帰って来たようです」

清兵衛は剣一郎に言う。

しばらくして、二十七、八歳の色白の男がやってきた。

「お邪魔します」

「直吉。さあ、こっちに。きょうは早かったな」

「権蔵さんが心配で」

そう言いながら、直吉は清兵衛の横に座った。

「青柳さまが権蔵のことを気づかって来てくださった」

「いま、おかみさんからお聞きしました。直吉でございます」

そう言い、直吉は剣一郎に頭を下げた。

「さっそくだが、権蔵が自分の弔いを見たときの状況を教えてもらいたい」

「はい。それがなんとも不思議なことでして」

直吉は強張《こわば》った表情で、

「今戸の料理屋で、権蔵さんはかなり呑んでましたが、もともと酒に強いので、泥酔している感じではありませんでした。料理屋を出たのが五つ（午後八時）過ぎでした。私も酔っていたせいか、今戸橋のほうに向かっているつもりが、いつの間にかお寺さんが並んでいる通りに出てしまいました。そのとき、数人の一行がお寺の塀際を歩いて行くのが目に留まりました。そしたら、いきなり、大家さんだと言いだしたんです。それから、おたけだとも。権蔵さんがその一行に向かっていきかけたのであわてて引き止めました」

「そなたの目には、弔いの一行には見えなかったのだな」

「はい。だいいち、一行は塀際の暗がりを通っていましたから顔などわかりません」

「数人の一行が通ったのは間違いないのか」

「ええ、それは……」

直吉は曖昧《あいまい》になった。

「どうした？」

「はい。どこかのお寺で法事があっての帰りかと思いました。なにかの事情で、夜の遅い時間になったのかと」

直吉は当惑ぎみに、

「じつはきょう、今戸のお寺さんにきいてまわったんです。あの夜の法事客について。すると、どのお寺さんも、法事などやっていないと。権蔵さんを安心させるためにききに行ったのですが、逆になってしまいました。あの一行の正体がわかりません」

「場所が違うことはないか」

「いえ。料理屋からそれほど遠くないところでしたから」

「………」

剣一郎も声を失った。

「やはり、『成田屋』がいけなかったのでしょうか。私が唆《そそのか》さなければ、このようなことにならなかったのかと思うと……」

「事情はわかった。ともかく、しばらく権蔵をひとりにしないように皆で支えてやってもらいたい」

剣一郎はそういうのが精一杯だった。

二

剣一郎は須田町《すだちょう》にある旅籠《はたご》『大駒屋《おおこまや》』の光右衛門を訪ねた。

光右衛門は『成田屋』の主人好兵衛の弟である。好兵衛が倒れたあと、好太郎の後見として『成田屋』を支えてきた。

剣一郎は客間で、光右衛門と差向かいになった。五十歳ぐらいの穏やかな感じの男だった。

「今、『成田屋』で起こっていることを知っておるな」

剣一郎は切りだす。

「はい。妙な噂《うわさ》に驚いております。根も葉もないことで、まったくもって承服出来ない、いいがかりとしか思えません」

光右衛門は憤然と言う。

「確かに、好太郎があんな事件を起こしてから『成田屋』はいっきに傾いてしまいました。今では廃屋同然になっておりますが、兄はまだ『成田屋』の再興を願って、建物をあのまま残しております。それなのに、よりによって幽霊旅籠などと……」

「好兵衛は伜の好太郎が帰ってくると思っているのか」

「そのようです。その思いをよりどころに養生しているのです。しかし、帰ってきたところで、好太郎を待っているのは女中殺しの罪でございます」

「好太郎が女中のおふみを殺したと思っているのか」

剣一郎は確かめる。

「そうとしか思えません。ふたりは恋仲でしたが、兄は女中を嫁《よめ》にすることに反対していました。好太郎もおふみに飽いてきたのか、他に好きな女子《おなご》が出来たのか、だんだんおふみを遠ざけようとしていたのです。そんな中で、おふみが殺され、好太郎が姿を晦《くら》ましたのですから、好太郎の仕業《しわざ》としか……。それに、亡骸《なきがら》が見つかった柳原の土手を、おふみといっしょに歩いている好太郎を見ていた者がおりました」

「そのようだな」

「今、どこでなにをしているやら」

光右衛門はため息混じりに言う。

「『成田屋』に現われた幽霊は女中のおふみではないかという噂だが?」

「私は幽霊騒ぎを信じませぬ。何かの間違いに決まっています」

「あの建物を処分しないのは、好兵衛の希望からか」

「はい」

「しかし、好太郎に期待出来ないとなると？」

「好太郎の妹のおこうがおります。おこうに婿《むこ》をとらせ、『成田屋』を再興させるという考えもございます」

「おこうは向島の寮で、好兵衛の看病をしているのだな」

「はい。ですが、『成田屋』にこういやな評判が立ってしまったら、再興などさらに難しくなりましょう」

光右衛門は顔をしかめた。

「では、いつかは『成田屋』の建物は取り壊さなければならなくなるな」

「はい。そうなります。ただ、兄の存命中は『成田屋』の建物を残して置かねばならないでしょう」

光右衛門はふと口許を歪め、

「いずれにしろ、今回の騒動は迷惑この上ありません。早く、騒ぎが落ち着いてくれることを待つばかりです」

「噂など信じぬか」

「信じられませぬ」

「『成田屋』に関わった三人が死んでいることをどう思うのだ?」

「大工の安吉は私も知っていますが、屋根から落ちたとのこと。行脚僧《あんぎやそう》は行き倒れ、易者の夢道はごろつきと揉《も》めて殺されたのではないかと思っています。それを、何者かが面白おかしく噂にしたのではないでしょうか」

「わかった。今もそなたが『成田屋』を守っている形になっているのか」

「はい。姪《めい》のおこうは兄の看病で向島の寮に行きっぱなしですので、『成田屋』に何かあれば私が対処することになっています」

「そうか。わかった。邪魔をした」

剣一郎は立ち上がった。

『大駒屋』の土間を出るとき、ちょうど若い男が入ってきた。

「伜の光三郎《こうざぶろう》にございます」

光右衛門が引き合わせた。

「これは、青柳さまでございますね」

好太郎と同い年で二十八歳になるという。

「近々、光三郎に身代《しんだい》を継がせるつもりです」

光右衛門は言った。

「立派な跡継ぎに恵まれて仕合わせなことだ」

剣一郎は好太郎とつい対比をしたが、果たしてほんとうに好太郎はおふみを殺して逐電《ちくでん》したのか、そのことが気になった。


翌日の朝、剣一郎は八丁堀の亀島川《かめじまがわ》から猪牙舟《ちょきぶね》に乗って向島に向かった。

向島には剣一郎の剣術の師である真下治五郎《ましたじごろう》が若い妻女とともに隠居暮らしをしている。ときたま、ご機嫌伺いに顔を出していたが、しばらく忙しさにかまけてご無沙汰《ぶさた》している。しかし、きょうも、真下治五郎のところに行くのではなかった。

隅田村《すみだむら》の木母寺《もくぼじ》の近くにある『成田屋』の寮に向かうのだった。大川に出て、舟は速度を上げ、新大橋《しんおおはし》、両国橋《りょうごくばし》と潜《くぐ》っていった。

権蔵のことも気がかりだったが、妹のおこうから兄好太郎について話を聞いておきたかった。

吾妻橋《あずまばし》を潜って、三囲神社《みめぐりじんじゃ》の鳥居を右手に過ぎ、やがて隅田川神社の船着場に着いた。剣一郎は木母寺を目指して歩くうちに、こざっぱりした寮を見つけた。

門を入ると、下男らしい老人が竹箒《たけぼうき》で庭を掃《は》いていた。

剣一郎は編笠をとって、老人に近づいた。

「ここは『成田屋』の寮か」

「へえ、さようで」

「南町与力の青柳剣一郎と申す。おこうに会いたい」

「青柳さまで」

老人は箒を持ったまますぐ庭をまわった。

待つほどもなく、戻ってきた。

「どうぞ、こちらから」

老人は庭のほうに案内した。

剣一郎は老人のあとに従い、家屋の裏手にまわった。障子を開け放った部屋が見えてきて、縁側に女が端座して待っていた。ふとんに誰かが臥《ふ》せていた。好兵衛であろう。

「おこうか。南町の青柳剣一郎である」

「はい。こうにございます」

おこうは二十三、四歳。整った顔立ちだ。

「臥せっているのは好兵衛か」

「はい。父でございます」

「容体《ようだい》はどうだ？」

「立ち上がることは出来ませんが、体を起こし、食べ物を食べることが少しだけ出来るようになりました」

「よい兆《きざ》しが見えているようだな」

「はい」

おこうは微笑《ほほえ》んでから、

「どうぞ、お上がりください」

「いや。ここでよい」

そう言い、剣一郎は腰の刀をはずして縁側に腰を下ろした。

「今、お茶を」

「よい」

剣一郎は引き止め、

「ここで暮らして五年ほどか」

と、きいた。

「はい。父が倒れたときからですので、早五年になります」

「よく父御の面倒を見てこられた」

「母が急死し、兄も旅籠で仕事に忙しく、私しかいませんでしたので」

おこうは寂しく笑った。

「今、『成田屋』で起こっていることを知っているか」

「はい。聞いております」

「大工の伊助と安吉の前に現われた若い女はふみと名乗り、好太郎に呼ばれて『成田屋』に行くところだと話したそうだ。この話を聞いて、どう思った?」

「おふみさんが兄に会いに行ったのかもしれません」

「その女はおふみだと思うのか」

「はい。おふみさんは兄に会いたがっているのだと思います」

「しかし、おふみは好太郎に殺されたのではないか」

剣一郎はおこうの反応を確かめる。

「さあ、どうでしょうか」

おこうは冷やかに言う。

「そなたは兄がおふみを殺したと思っていないのだな」

「はい」

「では、好太郎はどこに行ったのだ？」

「わかりません。でも、おふみさんが兄に会いに行ったのだとしたら、兄は『成田屋』に戻っていたのかもしれません。そのことに気づいて、おふみさんの霊が『成田屋』に行ったのでしょう」

「『成田屋』に好太郎が帰ってきた形跡はなかったそうだ」

「…………」

「好兵衛は好太郎に『成田屋』を再興してもらいたいのか」

「はい。父は兄の帰りを待っています」

「しかし、おふみ殺しの疑いをかけられた好太郎が帰ってくるのは難しいのではないか」

「三年前」

おこうはきっとした目つきで、

「お奉行所がちゃんと調べてくだされば、兄が行方不明になるようなことはなかったんです」

と、抗議をした。

「奉行所がちゃんと調べなかったというのか」

「はい。でも、お奉行所のお役人はちゃんと調べたと仰《おつしや》るでしょう。私のほうがとんでもないことを言っていると反論するに決まっていますから」

「奉行所を信用していないようだな」

「信用出来るはずありません」

おこうは冷たい笑みを浮かべ、

「だから、おふみさんが霊になって出てきたんじゃないですか」

「そなたは、おふみを殺したのは誰だと思っているんだ？」

「わかりません。証《あかし》がないのに何か言っても聞いてもらえないでしょうから」

「三年前の件で、かなり奉行所に不信感を募《つの》らせていることはわかった。もう一度、わしが調べてみよう」

「ほんとうに？」

おこうが不思議そうにきいた。

「もちろんだ」

「どうしてですか」

「どうして？」

剣一郎は逆にきいた。

「だって、お奉行所のお方はどなたも私の訴えを取り上げてくださいませんでした。この前やって来たなんとかという同心も……」

「そうか。それは謝る。わしからも注意をしておく」

「…………」

「邪魔したな。好兵衛が早く快復することを祈っておる」

そのとき、おこうが庭のほうに目をやって、

「新助《しんすけ》さん」

と、声をかけた。

「客人か」

剣一郎がきく。三十ぐらいのがっしりした体つきの男が遠慮がちに立っていた。

「『成田屋』の番頭だった新助さんです。こうして、忘れずに父の見舞いに来てくださいます」

おこうが言うと、新助は、

「お嬢さま。また、あとで出直します」

と、踵《きびす》を返そうとした。

「待て。わしはもう引き上げる」

剣一郎は呼び止め、

「では、邪魔をした」

そう言い、剣一郎は立ち上がった。


その夜、八丁堀の屋敷に京之進がやって来た。

「夢道は他人から恨《うら》みを買うような男ではなく、また、金の問題で誰かと揉めていたようなこともありませんでした。夢道を殺したいと思う者はいないようです」

京之進は深刻そうな顔で、

「夢道らしき男を見かけた辻番所の番人が見つかりました。夢道はひとりだったようです。こうなると、夢道はたまたま三味線堀ですれ違った男にわけもなく襲われ、そのまま堀に転落したとしか思えません」

「言い争う声も番人は聞いていないのだな」

「はい。ですから、いきなり刺されたんだと思います」

「しかし、なぜ夢道は三味線堀に行ったのか。誰かと待ち合わせていたのではないのか」

「そのような相手は見つかりませんでした」

「占いの客はどうだ？　浅草御門の近くで商売をしているとき、客のひとりが何らかの狙いがあって、夢道に三味線堀で待つように言った……」

「そうですね。客のことを調べてみます」

「それから、じつは妙なことがあった」

　と、剣一郎は権蔵のことを話した。

　真顔で聞き終えた京之進は、

「自分の弔いを見た……」

　と、青ざめた顔で呟《つぶや》いた。

「おそらく幻《まぼろし》を見たのであろう。その前に、『成田屋』に忍び込んだという思いが、恐怖心を募らせてそんな幻を見たのかもしれない。現に、いっしょにいた直吉は暗がりで人の顔はわからなかったと言っているのだ。直吉はどこかで法事があって、その一行だろうと言っていた。念のために直吉は法事があったか、調べたそうだ。だが、どこの寺でもその夜に法事はしていなかったという」

「別の集まりでもあったのでしょうか」

「それもなかったらしい。権蔵が自分の弔いを見た辺《あた》りを調べてもらいたい。どんな集まりであったのか、ほんとうになんの集まりもなかったのか……」

「わかりました」

剣一郎は頷いてから話を変えた。

「きょう、『成田屋』の娘おこうに会ってきた。ずいぶん奉行所に不信を抱いているようだった」

「はい、兄好太郎の件で奉行所の対応に納得がいかなかったようです」

「おふみを殺したのは好太郎ではないと言っている。三年前の探索はどうだったのだ？」

「おふみの亡骸が発見されたとき、『成田屋』に事情をききに行ったのです。しかし、すでに好太郎はいなくなっていました。亡骸が発見された日の朝早く、好太郎は荷物をもち、店の金を十両盗んで逐電したようでした。聞込みをして、好太郎らしい男が早朝に千住宿《せんじゆしゆく》を通過したことがわかり、さらに後日、草加宿《そうかしゆく》の手前の街道筋に好太郎の着物が脱ぎ捨ててあるのが見つかったのです。ところが、そこから先、どこへ逃げたのか、好太郎の足どりはぱったり途絶えました」

京之進はさらに、

「それから、おふみが殺された日の夕方、好太郎とおふみが柳原の土手を歩いているのを見ていた者がいました。もちろん、おふみはひとから恨まれるような女ではなく、好太郎以外に疑わしい者は浮かび上がってきませんでした」

「おふみには殺される理由はなかったということだな」

「そうです」

京之進は憤然として、

「なにより、逃げたことが大きな決め手だったのです。それでも、はっきり下手人と決めつけたわけではありません。いつか現われて事情を説明するならば、しっかりと話を聞くつもりでおりました。ですが、とうとう好太郎は戻ってきませんでした」

「話を聞けば、好太郎に疑いを向けるのは無理からぬことだ」

剣一郎は京之進に理解をしめした。

「しかし、それでもおこうは好太郎を信じている。何か根拠があったのだろうか」

「事件のとき、おこうは父親の看病で向島の寮で暮らしていました。ですから、何も知らないはずなのです」

「すると、ただ兄を信じるゆえのこと」

「そうではないかと思います。おこうの気持ちもわからないではありませんが……。なにしろ、父親は『成田屋』の再興を好太郎に託しているのですから」

「それにしても、好太郎はどこにいるのであろうか」

剣一郎はひょっとして江戸に帰って来ているのではないか。そう思ったが、なんの根拠もなかった。

京之進が引き上げて、寝間に入った剣一郎はふと胸騒ぎに襲われた。

「おまえさま、どうかなさいましたか」

多恵が訝しげにきいた。

「何か落ち着かぬのだ。おそらく、権蔵のことだ」

「権蔵？　自分の弔いを見たというお方ですね」

多恵は眉《まゆ》をひそめ、襟《えり》元に手をやった。

「そうだ。まあ、ずっと気にかけていたので、胸騒ぎがするのだろう」

「心配ですね。じつは私もさっきから権蔵さんのことが頭に浮かんでいたのです」

「そなたによけいなことを話してしまったようだな」

帰宅して深刻に悩んでいる剣一郎を心配して、多恵がどうかしたのかときいたのだ。普段なら、なんでもないと答えるのだが、さすがの剣一郎も怨霊話には打つ手がなく、つい多恵に話してしまった。

「私は怨霊を信じませんが、権蔵さんの話は不思議です。たぶん、酔って幻を見たのでしょうけど。心配なのは権蔵さんがそれを信じきってしまっていることです。そのことが心配です」

「そうだ、わしもそのことを気にしている」

剣一郎は呟く。

「眠れないようでしたら、寝酒でもつけましょうか」

「いや、いい」

剣一郎は断ってから、

「若いころは、事件を引きずってなかなか寝つけず、寝酒に頼ったものだ」

と、昔を思い出して言う。

「それにしても、このような怪異な事件に遭遇し、少し戸惑っている。そなたと同じように怨霊など信じないが……」

またも権蔵のことが気になりだしていた。

三

翌朝、どんよりした空で、辺りは薄暗く陰気な感じだった。やはり胸騒ぎが収まらず、剣一郎は朝餉《あさげ》の前に小網町一丁目に急いだ。

江戸橋《えどばし》を渡っていたとき、対岸の思案橋付近にひとだかりを見て、剣一郎は夢中で駆けだした。

伊勢町《いせちよう》堀《ぼり》を渡り、小網町一丁目から思案橋の袂《たもと》にやってきた。大家の清兵衛にたけ、直吉の顔があった。暗い空と同様に、どの顔も暗く沈んでいた。何があったか、剣一郎はとっさに悟った。

「青柳さま」

清兵衛が振り返った。

「権蔵か」

筵《むしろ》をかぶせられて横たわっている男を見て言う。

「はい」

権蔵の傍《かたわ》らに、女房のおたけがうずくまっていた。

「青柳さま、うちの人がこんな姿に……」

おたけが泣き声で言う。

「防げず、残念だ」

剣一郎は言い、手を合わせてから、亡骸を検《あらた》めた。

水を飲んでいた。外傷はなかった。ところどころにある体の傷は流木や橋脚に当たって出来たものだろう。水死のようだ。

「何があったのだ？」

「はい。昨夜、わたしが目を離した隙に……」

おたけが答える。

「かなり、呑んだのか」

「はい」

「深夜に木戸を出て行きました」

清兵衛が口をはさんだ。

「皆で捜したのですが、どこに行ったかわからなくなり、今朝になって川に男が浮かんでいると棒手振《ぼてふ》りの男が騒いでいたので来てみたらやはり権蔵でした」

「まさか、こんなことになるなんて」

直吉が唇《くちびる》を噛《か》んだ。

「家を飛び出すとき、権蔵は何か言っていたか」

「弔いの一行が俺を迎えに来ると呟いていました」

おたけが答える。

「弔いの一行か」

権蔵はすでに恐怖から正常ではなくなっていたのだろうか。

京之進がやって来た。

「権蔵だ」

剣一郎はホトケに目を向けて言う。

「権蔵……」

京之進は恐怖に引きつったような顔をした。

「見たところ、水死のようだ。昨夜遅く、川に落ちたのだろう」

京之進はおそるおそるホトケを検めた。

細かく調べてから立ち上がった。

「水死です。かなり水を飲んでいます」

京之進は言い、

「事故でしょうか」

と、困惑した顔できいた。

「足を滑らせて落ちたか、自ら飛び込んだのか、見ていた者がいないか聞込みをかけるのだ」

「はい」

自ら飛び込んだのだとしても自害とは言えまい。怨霊の仕業か……。

剣一郎はため息をつき、

「あとを頼んだ」

と言い、その場を離れた。

「青柳さま」

江戸橋に差しかかったとき、太助が走ってきた。

「野次馬の中にいたのか」

「へい。伊勢町堀近くで死体が上がったと聞いて」

「そなたの住まいは長谷川町《はせがわちょう》だったな」

長谷川町ならばそれほど離れていない。

「それより、青柳さま。弔いの一行が俺を迎えに来ると呟いていたって、どういうことなのですか」

「聞いていたのか」

「聞こえたんです」

「いい耳だ」

剣一郎は感心してから、

「死んだ権蔵は、数日前に自分の弔いの一行を見たそうだ」

「自分の弔いですって」

太助は息を呑んだ。

「その前に、『成田屋』に忍び込んでいる」

「じゃあ、おふみの怨霊に……」

太助の声が裏返った。

「そうかもしれぬ」

「そんな」

太助は身震いをして、

「怨霊を捕まえることなんて出来やしませんぜ。どうするんですか」

と、剣一郎の顔を覗《のぞ》き込んだ。

「さて、どうしたものか。それより、おふみの実家のほうはどうだった？」

楓川《かえでがわ》にかかる海賊橋《かいぞくばし》を渡って八丁堀に入った。

「三年前、おふみの兄が大八車で妹の亡骸を実家に連れてきたそうです。それから、白地に朝顔の図柄の単衣《ひとえ》と朝顔文様の簪《かんざし》をいっしょに棺桶に入れたと言ってました。家族の者は誰も好太郎に殺されたなど信じていないようです」

「そうか、好太郎を信じていたか」

「へえ。それから」

太助が続けようとするのを、

「待て。もう屋敷だ。中で聞こう」

と、剣一郎は太助の口を止めた。向こうから、ひとが歩いて来たのだ。

屋敷に戻り、部屋に上がった。

「聞こう」

「へい」

太助は畏《かしこ》まって、

「ここ半年以内でも、実家周辺に変わったことはなにもなかったようです。好太郎らしき男が立ち寄った形跡はありません」

「おふみに妹は？」

「いません。兄と弟ふたりです。兄は実家を継ぎ、弟のひとりは千住宿で働き、もうひとりは西新井大師の境内《けいだい》にある土産物屋で働いています」

「おふみの墓の周辺はどうだ？」

「へえ」

急に、太助の顔つきが変わった。

「どうした？」

「例の日、三月十二日の夕闇が迫った時分、墓地のほうから白っぽい着物を着た若い女が出てきたのを、寺男が見ていたそうです」

「……………」

「寺男は不審に思ってあとをつけたそうですが、途中で見失ったということです」

「若い女を見たのは寺男だけか」

「いえ、近所の百姓の女房が、白っぽい着物を来た女が雑木林のほうに向かって行くのを見ていました。青柳さま」

太助は怯えた声で、

「白っぽい着物を着た若い女って、まさかおふみじゃ……」

剣一郎は顔をしかめ、

「その夜、白地に朝顔模様の着物の若い女が『成田屋』に行っている」

「………」

「太助」

「へい」

「おふみの墓を見てきたか」

「墓？　とんでもない。あっしが寺に行ったのは昼間でしたが、墓なんて薄気味悪くて」

「もし、おふみだったら、土の下から出てきた形跡があるはずだ。太助、それを確かめてくるのだ」

「そんな」

太助は泣きそうな声で、

「いやですぜ。そのあと、墓を掘り返せってことになるんじゃ……」

「そなたは怨霊を信じているのか」

「信じちゃいませんが……」

「わかった。わしも行こう。案内せい」

「青柳さまがごいっしょなら」

「よし。朝餉はまだだろう。いっしょに食おう」

「ありがてえ。腹の虫が鳴いていたんです」

太助はうれしそうに言った。


剣一郎と太助は八丁堀の掘割から猪牙舟に乗り、大川を上って吾妻橋からさらに千住大橋《せんじゅおおはし》を潜って宮城村にやってきた。

朽《く》ちたような木の栈橋《さんばし》に上がり、太助の案内で、おふみの墓がある寺に向かった。どんよりとして、夕方のように暗い。

寺の山門を潜って本堂の裏手に向かうと、墓地の入口付近で、寺男が箒を使っていた。剣一郎と太助は近づいて行く。

寺男も気づいて箒を使う手を休め、こちらを見ていた。

「おや、おまえはこの前の……」

寺男は太助に気づいて声をかけた。

「へえ、先日はどうも。きょうは直接話が聞きたいと、南町与力の青柳さまがお出《い》でですでして」

「やっぱり、青痣与力……」

寺男は目を見開いた。

「掃除の手を止めさせてすまないが、おふみの墓を教えてもらいたい」

剣一郎は頼んだ。

「へい、どうぞ、こちらに」

寺男は箒を持ったまま先に立った。

墓は点々と立っているだけで、墓標だけの土饅頭《どまんじゆう》も多い。その一角に、おふみの墓があった。

「ここです」

寺男は墓の前で立ちどまった。卒塔婆《そとば》は少し傷《いた》んでいるようだ。

剣一郎は手を合わせてから、墓石の周囲を見る。雑草が生い茂っていて、墓が暴《あば》かれた様子はなかった。

ただ、墓石の後ろだけ、雑草が取り除《のぞ》かれて、土が剝《む》き出しになっていた。

「これは？」

剣一郎は寺男にきいた。

「やっ、なんだろう」

寺男も不思議そうな顔をした。

「犬が荒らしたのかもしれません」

「野犬か」

剣一郎は呟き、太助は怯えている。

「白っぽい着物を着た若い女を見たそうだが、どこで見たのだ？」

「ちょうど、さっき声をかけられた場所です。あっしがあの場所に来たとき、白っぽい着物を着た若い女を見ました」

「その女はどっちに行ったのだ？」

「へえ。裏口から出て行ったようです。不思議だったので、あとをつけました。でも、見失ってしまいました」

「そこに案内してくれ」

「へい」

寺男は先に立ち、裏のほうに行くと、木戸があった。鍵はかかっていない。

「鍵はいつもかかっていないのか」

「へい。かかっていません」

剣一郎は裏口から出た。すぐ先に雑木林があり、その先が隅田川だ。

「女は雑木林のほうに向かったのか」

「いえ」

「そうではないのか」

「ええ。あっちの百姓家のほうです。でも、途中でわからなくなりました」

「そうか」

「青柳さま。あれはおふみの霊でしょうか」

寺男は不安そうにきいた。

「どうして、そう思うのだ?」

「だって、『成田屋』におふみが現われたそうですから」

「知っていたのか」

「へえ。おふみの実家に奉行所のお役人が訪ねてきたそうではありませんか。この界隈《かいわい》でも、噂になりました。だから、うちの住職がお墓の前でお経を上げたんです」

「そうか。まだ、おふみの霊かどうかわからない。すまなかった」

剣一郎は礼を言い、おふみが去って行った方角に向かう。その先に、百姓家があった。

「女を見たという百姓の女房はあそこに見える家の者か」

「そうです」

百姓家に近づくと、太助が駆け出し、一足先に百姓家に向かった。

剣一郎が着いたとき、百姓家から太助と小肥《こぶと》りの女が出てきた。

「青柳さまで」

女が目を見張って言う。

「うむ。すまない。白っぽい着物を着た、若い女を見たときのことを話してもらいたい」

剣一郎は声をかける。

「はい。私が見たのはちょうどこのあたりで、あの雑木林のほうに向かっていました」

　剣一郎はそのほうに目をやる。雑木林は左手で、右手のほうにさっきの寺がある。なぜ、女は寺からまっすぐ雑木林のほうに向かわず、遠回りをしたのだろうか。

「あの……」

　小肥りの女が遠慮がちに口を開いた。

「私が見たのは、今江戸府内で噂の……」

「いや、そうではない。なぜだ？」

「じつは、あの女を見たあと、うちの婆さんが躓《つまず》いて足を挫《くじ》いたり、子どもが熱を出したり、なんだか変なことが続くので」

　女は不安そうに言う。

「それは考えすぎだ。偶然が重なっただけだ。気にする必要はない。子どもの熱は今はどうだ？」

「はい、引きました」

「そうであろう。婆さんの足も直《じき》によくなる。なんでもないことでも、気にしすぎると災いを招くものだ。明るく、前向きに生きれば、災いなど吹き飛ばせる」

「わかりました。安心しました。ありがとうございます」

女はほっとしたように笑みを浮かべた。

「邪魔をした」

剣一郎は雑木林のほうに向かった。

空は相変わらず暗鬱《あんうつ》な雲が垂れ込めていた。雑木林に入ると、ますます暗くなる。

さらに奥に向かって行くと、水の音が聞こえ、川っぷちに出た。

「女はここで消えたのでしょうか」

太助は震えを帯びた声できいた。

「雨か」

ぽつんと冷たいものが頬に当たった。

「太助、舟に戻ろう」

剣一郎と太助は、川沿いを舟を待たせてある桟橋まで戻った。

四

冷たい雨が降っていた。剣一郎が小網町一丁目の権蔵の長屋に着いたとき、僧侶が引き上げたあとで、部屋では大家の清兵衛と直吉、そして長屋の住人が狭い部屋で酒を呑んでいた。おたけは虚《うつ》ろな目をし、大家も直吉も沈んだ表情で俯いていた。

剣一郎に気づいて、大家が顔を上げた。

「青柳さま」

清兵衛があわてて場所を空けた。権蔵が北向きに寝かされていた。線香から煙が立ちのぼっている。

剣一郎も部屋に上がり、線香を手向《たむ》けた。

「青柳さま、ありがとうございます」

おたけが頭を下げた。

「こんなことになろうとは思わなかった。さぞ力落としであろうが……」

剣一郎はなぐさめる。

「あっしがいけないんです」

またも直吉が言う。

「あんなことを言い出さなければ……」

「違います。うちのひとがいけないんです。自業自得《じごうじとく》です」

おたけが強い口調で言った。

「いや、誰のせいでもない。権蔵は怨霊に祟られたんだ」

清兵衛が怒ったように言う。

ここに来る前に、京之進に会ったが、権蔵がひとりで思案橋の欄干《らんかん》に寄りかかっていたのを、夜回りで通り掛かった木戸番の男が見ていた。だいぶ酔っぱらっていたようだったという。

ただ不思議なことがあった。権蔵は深夜にいきなり長屋を飛び出して行った。おたけの騒ぎに大家や直吉も権蔵を追いかけ、周辺を捜し回った。当然、思案橋を行ったり来たりして捜したはずだ。だが、権蔵は見つからなかったのだ。

それなのに、木戸番の男は権蔵がたったひとりで橋にいたのを見ていたのだ。大家たちが騒いだときには見つからなかったのはどうしてか。大家たちが諦めて引き上げたあと、どこかに隠れていた権蔵が橋に戻ってきたのか。

それとも怨霊のなせる業《わざ》か。

ともかく、権蔵の死は不可解であったが、奉行所は事故として始末をつけるしかなかった。

「今後の暮らしに困ることはないか」

剣一郎はおたけにきいた。

「青柳さま」

清兵衛が口をはさんだ。

「長屋の者が守《も》り立てていきます」

「そうか、それなら安心だ」

そう言ったあとで、

「この場で、このような話をするのも憚《はばか》られるが、もう一度、権蔵の様子を教えてもらいたい」

と、剣一郎はおたけの顔を見た。

「はい」

「権蔵は目を離した隙に、酒を呑みはじめたのであったな」

「はい。私がちょっと外に出た間に隠してあった徳利を見つけてがぶ呑みしていました」

「酒を買っておいたのか」

「はい。酒が切れると機嫌が悪くなるので常に用意していました。でも、あの夜は隠していたんですが……」

おたけは厳しい表情になって、

「そのうち、顔つきが変わって、弔いの一行が俺を迎えに来ると呟いて外に飛びだしたんです。あわてて叫びながら追いました」

「その声に驚いて、あっしも飛びだしました」

直吉が言う。

「私も権蔵のことを気にしていたので、騒ぎを聞き、外に出たのです」

「長屋の木戸は閉まっていたんだな」

「はい。権蔵は自分で開けて……」

おたけは声を詰まらせた。

やはり、引っかかるのは、弔いの一行が俺を迎えに来ると呟いたことだ。恐怖に心が縛《しば》られ、権蔵は幻覚や幻聴に襲われたのではないか。正常な心ではなくなっていたのだろう。

自分の弔いの一行を見たという衝撃が、体も大きく頑健《がんけん》な権蔵に恐怖心を植えつけたのだ。

権蔵は幻覚ではなく実際の出来事と思い込んでいた。それほど、生々しい光景だったのではないか。

不可解だ。怨霊の仕業と考えたほうが説明がつく。だが、怨霊は己の心が作り出した幻だと考える剣一郎にとって、権蔵の幻覚は説明がつかないのだ。

権蔵が『成田屋』に侵入したことに罪の意識を持ち合わせていなかったことは、剣一郎も権蔵と会って感じていた。

『成田屋』に侵入したことを意識していたために、幻覚を見たという考えは成り立たないのだ。

回船問屋『北前屋』の荷役の仲間が数人弔問《ちょうもん》に訪れたので、剣一郎は引き上げた。

唐傘《からかさ》を差し、木戸を出たところで、京之進とばったり会った。

「どうした?」

「お屋敷にお伺いしましたら、こちらだとお聞きし、お待ちしていました」

京之進も傘を差したまま答える。

「この雨の中を待っていたのか」

「明日でもよかったのですが」

伊勢町堀沿いを歩きながら、京之進が続ける。

「今戸の寺をしらみ潰しにきいてまわりましたが、問題の夜、法事をしたところも、寺で集まりがあったようなところもいっさいありませんでした」

「弔いの一行どころか、寄合もなかったというのだな」

「はい」

直吉は弔いの一行ではないが、数人の男女の一行を見ていた。直吉が見たのはなんだったのか。

「念のためだ。男女の一行を見た者がいないか、あの近辺の住人にも聞き込んでくれぬか。このままではますます怨霊の噂が広まってしまう」

「わかりました。もうひとつお耳に入れたいことが」

京之進は答えたが、言いづらそうに、

「柳原の土手で死んでいた行脚僧のことです。『成田屋』の前で経を上げたあと、行脚僧に声をかけた者がおりました。米沢町《よねざわちょう》にある薬種問屋の番頭です。

その番頭に、行脚僧はこの旅籠に死霊《しりょう》が住んでいると話したそうです」

「死霊だと」

「はい。それから、あの行脚僧はその前の日に入谷の相国寺《しょうこくじ》という寺に宿泊していたそうです。参詣《さんけい》人から怪異の話を聞いて『成田屋』に向かったということでした」

「まっとうな僧だったのか」

「はい。破戒《はかい》僧ではありません」

あとから出てくる事実は、ますます怨霊の仕業と思わせるようなものばかりだった。

「青柳さま」

京之進は深刻そうな面持ちで、

「調べれば調べるほど、わからなくなっていきます。こんなことははじめてです。一向に進展はなく、却って迷路に入っていくような気がしてなりません」

「怨霊の仕業と考えたほうがすっきりする。だが、怨霊だとしても、その狙いはなんだ。おふみが自分を殺した好太郎に復讐をしようとしているのか」

剣一郎は自分に問い掛けるように言う。

「好太郎は江戸を離れています。草加宿の近くまで行ったことは確認されていますが、その先はわかりません。そこから江戸に引き返したのでしょうか。それとも、旅先で非業《ひごう》の死を迎え、霊が『成田屋』に帰ってきた……」

京之進ははっとしたように、

「青柳さま。おふみの実家は西新井大師のほうで、千住宿から分岐した場所です。おふみの弟は千住宿で働いています。もしや……」

「そなたは、おふみの兄弟が好太郎を殺めたと?」

剣一郎は眉根を寄せてきいた。

「はい。ならば、好太郎の行方が摑めない説明がつきます。すでに、殺されて宮城村のどこかに埋められているのでは」

「だとしたら、おふみの霊はなんのために『成田屋』に向かったのか」

「そうですね」

京之進は首を横に振った。

「ともかく、わしも含めて、怨霊に惑わされて冷静に考えることが出来なくなっているのだ。もっと落ち着かなくてはならぬ」

「はい」

京之進と別れ、剣一郎は屋敷に帰った。

部屋に落ち着くと、襖《ふすま》の外で伜の剣之助《けんのすけ》の声がした。

「父上、よろしいですか」

「うむ、入れ」

剣一郎は答える。

「失礼します」

すっきりした顔立ちで目元も涼しく、剣之助は若々しいきびきびした動きで部屋に入ってきた。が、剣之助の嫁の志乃《しの》もいっしょだった。匂うばかりの若妻ぶりで、剣之助に嫁《とつ》いで、ますます美しさに磨きがかかったようだ。

ふたりが向かいに座ってから、

「どうした?」

と、剣一郎はふたりを交互に見て訝しんできいた。

「母上からお聞きしましたが、父上は怨霊に悩まされているそうで」

剣之助が口を開いた。

「怨霊にとり憑《つ》かれているわけではないが、怨霊絡みの事件に困惑しているのは事実だ。そのことで？」

「その中で、自分の弔いの一行を見たという話があったそうですが」

「そのとおりだ。権蔵という男が、一行の先頭に長屋の大家、棺桶を担いでいるのも長屋の……。こんな話、志乃は聞きたくなかろう」

「義父上《ちちうえ》、わたくしはだいじょうぶでございます」

志乃が言う。

「ならば、続けよう。長屋の住人が担ぐ棺桶の横に自分のかみさんがいたそうだ。その翌日、権蔵はたまたま通り掛かった僧侶に、死霊がとり憑いていると指摘された。それ以来、権蔵は恐怖におののくようになり、弔いの一行が迎えに来ると言って長屋を飛び出した。そして翌朝、思案橋の下に浮かんでいた」

「そうですか」

剣之助は頷いた。

剣之助は見習いとして奉行所に出仕している。吟味方《ぎんみかた》与力見習いとして、剣一郎の竹馬《ちくば》の友である吟味方与力の橋尾左門《はしおさもん》についている。

「じつは、私たちが酒田《さかた》に行っているとき」

剣之助が酒田の話を始めた。

　ある事情から、剣之助は志乃とふたりで江戸を離れていたことがあった。数年前のことだ。若いふたりが庄内《しようない》藩の酒田に行ったのは、青柳家で働いていた女中の実家があったからだった。

「志乃は近くにある寺の老住職から奇妙な話を聞いたそうです。それが、権蔵さんの話に似ていると言うのです」

「似ている話？」

　剣一郎は志乃に顔を向けた。

「はい」

「志乃、聞かせてくれ」

「うろおぼえなのですが」

　そう断って、志乃が語りはじめた。

「江戸でのことだそうです。ある職人がお得意先に行った帰り、お寺の近くに差しかかったとき、野辺の送りの一行に出会ったそうです。その一行に長屋の住人が多いので驚いて棺桶の脇に立っている喪主《もしゆ》を見たら、白地の着物を着た自分のおかみさんだったそうです。職人は足がすくんでしまい、黙って一行を見送りました。はっと我に返り、夢を見たのかと不思議に思いながら、長屋に帰ると、ちょうど通夜《つや》の最中でした。長屋で死んだ人間がいたなんて聞いていないと不審に思って近づくと、通夜は自分の家だったそうです。驚いて土間に入り、部屋を見ました。誰かがふとんに寝かされて顔には白い布。経 机《きょうづくえ》の上にお線香が上がっていて、自分のおかみさんが泣いていたそうです。そのとき、風が吹いて白い布がめくれ、死者の顔を見たら自分だったと」

志乃は息を大きく吐き、呼吸を整えて、

「職人は俺はここにいる、俺は生きていると叫んでもおかみさんや他のひとたちには聞こえなかったそうです。それで、職人は怖くなって家を飛び出し、彷徨《さまよ》っているとき、仲間の若い男に会ったのです。それで今の顚末《てんまつ》を語ったそうです。若い男は半信半疑で、その職人に付き添って長屋に行ったら、おかみさんが何事もなかったようにその職人を出迎えてくれたそうです。ところが、それから三日後、ほんとうにその職人は亡くなったそうです」

「………」

剣一郎は似ている話があるものだと思った。

「まだ、続きが」

志乃が言う。

「続き？」

「はい」

志乃は頷き、

「今度は、若い男が同じように自分の弔いの一行を見たそうです。まさに、職人から聞いた話のように、棺桶の脇に自分のおかみさんがいました。恐怖におののきながら長屋に帰ると、やはり自分の家で通夜が行なわれていたそうです。職人の話とまったく同じで、風が吹いて白い布がめくれ、現われたのはやはり自分の顔だったのです。若い男はすぐ家を飛び出し、そのまま家に帰るのが怖くなって放浪し、最後に酒田に辿《たど》り着いたとのことです」

「ひょっとして、その若い男というのは？」

「はい。今の話を聞かせてくださった老住職です。四十年以上も前のことだそうです。今になってみると、あれはほんとうのことだったのか夢だったのか、わからないと仰っていました。でも、老住職におかみさんがいたのは事実だそうです」

「母から権蔵さんの話を聞いたとき、志乃の話を思い出し、なにか手掛かりにでもなればと思い、お話をさせました」

剣之助が話した。

「話してくれてよかったと思う。似ているところもあるし、違うところもある。そこに、何か手掛かりになるものを得られるかもしれない」

「それならいいのですが」

志乃がほっとしたように言う。

「その住職は以前どこに住んでいたのだ？」

「確か、本郷菊坂町《ほんごうきくさかちょう》だったと」

「その住職も数奇《すうき》な運命を辿ったものだ」

剣一郎は感慨《かんがい》深げに言う。

「はい、あのとき、長屋に戻っても死ぬとは限らない。死が恐いからと、おかみさんに黙って出奔《しゅっぽん》してしまったことも心の傷になっているようです」

「そうであろうな。残された者にとってはなぜ姿を晦ましたのか、そのわけもわからないままだからな」

剣一郎は怪異な話をいやがらず話してくれた志乃に、

「志乃がこれほど気丈《きじょう》であるとは思わなかった」

と、讃《たた》えた。

「恐れ入ります」

志乃は頭を下げ、

「でも、少しだけ恐かったというのが本音です」

「そうか。いや、かえってそれを聞いて安心した」

無気味な話の余韻《よいん》を打ち消すように、剣一郎はわざと明るく言う。

「それでは、これで」

剣之助が言い、志乃も頭を下げた。

ふたりが引き上げて、多恵が入って来た。

「お聞きになりましたか」

「うむ。権蔵のことがなければ、面白い怪談話として聞いただろうが……」

剣一郎は正直に言う。

「私も同じでございます。事実として聞くと、ぞっといたします。なにより恐いのは、おまえさまが同じような目に遭ったと想像したら……」

「わしが自分の弔いの一行を見たらか……」

やはり、死の恐怖から逃げ出すか。

「いや、わしはそなたや剣之助に黙って出奔はしない。たとえ、死神が待ち構えていようとも」

「私も同じです。仮に、私が自分の弔いの一行を見たとしても、おまえさまのいる屋敷に戻ります。ひとりぽっちで生きていくより、おまえさまに看取《みと》られて死んでいくほうがどれだけましか」

そこまで言って、はっとしたように、

「いけません、こんな陰気な話。やめましょう」

「そうだ。あり得ない話をしても仕方ない」

剣一郎はそう言ったが、ふいに好太郎に思いを馳《は》せた。

まさか、好太郎も……。剣一郎は恐ろしい形相《ぎょうそう》で、虚空《こくう》を見つめていた。

五

翌朝、出仕《しゅっし》した剣一郎は宇野清左衛門のところに行った。

清左衛門は深刻そうな顔で、

「また、不可解な出来事があったようだな」

と、いらだちを抑えて言った。

「はい。摩訶《まか》不思議としかいいようがございません」

剣一郎は首を横に振った。

「『成田屋』に関わる噂は出入りの御用商人によって大奥にもたらされている。自分の弔いの一行を見たという権蔵の話は大奥を恐怖に陥《おとしい》れているようだ。長谷川どのも、早く解決せよと、またうるさく言ってきた」

「申し訳ございません」

剣一郎は頭を下げた。

「青柳どのが謝ることではない。だが、それにしても、どうなっているのだ？」

清左衛門が膝《ひざ》を進め、

「長谷川どのも言っていたが、『成田屋』の建物を取り壊してしまったほうがいいのではないか。どうせ、廃屋同然なのだ」

「難しいかと」

「『成田屋』の主人が承知せぬか」

「いえ。そこはだいじょうぶでしょうが、問題は職人です」

「職人？」

「取り壊した者は呪われるという噂も立っているようです」

今朝の髪結いがそんな噂も出ていると言っていた。

「壊すことも出来ぬのか」

「大掛かりな祈禱《きとう》をしても皆が納得するかどうか。じつは、今朝、髪結いが言うには、火の見櫓《やぐら》の番人が一昨日の夜、『成田屋』の屋根に白っぽいものがぼんやり立っているのを見たということでした」

「………」

「じつは、町には嘘《うそ》の噂までが出回っているようです。その中に、建物を取り壊そうとした仕事師が急病になってそのまま死んだと……」

「なんと」

「そのような事実はありませんが、町の者たちは信じています。このような噂が広まっている中で、取り壊しを引き受けようとする者はいないでしょう。よほどの手間賃を出したとしても、無理かと」

「では、どうするのだ?」

「今夜、『成田屋』に忍び込んでみます」

「『成田屋』に忍び込む?　青柳どのがか」

清左衛門は目を剝いた。

「はい。いったい、怨霊の祟りがあるのかどうか。あるなら、どんなものか。私が身をもって確かめたいと思います」

「危険だ」

清左衛門が反対した。

「まだ、何もわかっていないのに忍び込むとは……」

「何もわかっていないからこそ、やるのです。安吉、行脚僧、夢道、そして権蔵は建物の中に入って何をし、何を見たのか」

「うむ」

清左衛門は唸《うな》って、

「誰か他の者にやらせたらどうだ？」

「そのようなことはさせられません」

「なぜだ？　危険だからであろう。そんな危険を冒《おか》す必要があるのか。もっと他に手立てがあるのではないか」

清左衛門は必死に止めた。

「誰かがやらねばならぬこと。それならば、私が引き受けます」

「ばかな」

清左衛門は吐き捨てた。

「宇野さま」

剣一郎は膝を進め、

「もし、私に万一のことがあったら」

「ならぬ。そんなことがあってはならぬ」

清左衛門が本気で怒鳴った。

「よいか。青柳どのはいずれわしに代わって南町を引っ張ってもらわねばならぬ身。そなたのような後継者がいるからこそ、わしは……」

「宇野さまにはまだまだお元気で働いてもらわねばなりません。その間に、優《すぐ》れた後継者も育ちましょう」

「わしは許さぬ。絶対に許さぬ」

「私がこの件を解決出来ぬようでは、宇野さまの後継者たる器《うつわ》にあらずということになりましょう」

剣一郎は清左衛門を説《と》き伏せる。

「『成田屋』に忍び込んだからと言って、死の危険が迫ると決まっているわけではありません。ともかく、今夜」

剣一郎は悲壮な覚悟で言い、

「宇野さま。このことは誰にも知られたくありません。どうか、ご内聞《ないぶん》に」

「うむ」

清左衛門は憤然と頷いた。


昼過ぎ、京之進の案内で、福井町《ふくいちょう》一丁目の自身番に向かった。脇にある火の見櫓に見張り番が立っていた。

京之進が自身番に寄り、代わりの見張り番を呼んできた。その男が火の見櫓に上がり、今まで見張りをしていた男が下りてきた。

「この者が一昨日、『成田屋』の屋根に白っぽいものがぼんやり浮かんでいるのを見ました」

京之進は剣一郎に言い、次に見張りの男に向かい、

「青柳さまが、そのときのことをお聞きしたいそうだ」

と、伝えた。

「へい」

見張りの若い男は軽く頭を下げた。

「見たのは何刻か」

剣一郎はきいた。

「へえ、五つ（午後八時）ごろでした。『成田屋』の屋根に白っぽいものがぼんやり見えたんです。じつは、恐いのでなるたけ『成田屋』のほうを見ないようにしていたのですが、つい目が行ったら……」

「白っぽいものがぼんやり見えたのか」

「はい」

「そのとき、すぐ目を離したのか」

「はい、思わず目をつむってしまいました。で、次に目を開けたとき、もう白っぽいものはいなくなっていました」

「錯覚とは思えなかったか」

「いえ。錯覚ではありません。白っぽいものは立っているようでした」

「着物の文様までは見えなかったか」

「はい、なにぶん夜で、月もなかったので……。交代で火の見櫓から下りるとき、足を踏み外さないようにゆっくり下りました」

嘘はないようだ。ただ、恐怖心からありもしないものを幻覚として見たということも否定できない。そう思ったが、見張りの男は見間違いではないと強調した。

「決して幻じゃありません。白っぽい着物を着た女だったのは間違いありません」

「女だとはわかったのか」

「いえ、暗かったし、一瞬でしたので顔はわかりませんでした。でも、遠目にも細身で女だと思いました」

「三月十三日の夕方はどうだ？」

「十三日ってえと、大工が屋根から落ちた日ですね。ええ、火の見櫓に上がっていました。でも、あっしは『成田屋』のほうは見ていませんでした」

「わかった。邪魔をしたな」

剣一郎は火の見櫓の下から離れた。

「今は虚実交《きょじつまじ》えたいろいろな噂が飛び交っているそうだな」

「はい。拙《まず》いことに、とんでもない作り話でも信じられてしまうようです」

「困った事態だ」

剣一郎はため息をつく。

「青柳さま、今夜お屋敷のほうにお伺いし、その後わかったことを、と言ってもたいしたことはないのですが、いちおうご報告に上がろうと思うのですが」

「あいにく、今夜は帰りが遅いのだ。野暮用《やぼよう》でな」

剣一郎は、京之進にも『成田屋』に忍び込むことは黙っていた。知れば気をつかい、自分もいっしょにと言い出すに決まっているからだ。

危険な場所に行くのは自分だけでいい。剣一郎は、あえて京之進に嘘をついた。

「そうですか。では、日を改めてお伺いいたします」

「そうしてもらおう」

剣一郎は京之進と別れた。

辺《あた》りが暗くなって、剣一郎は長谷川町の太助の長屋を訪れた。

戸の障子に猫とおぼしき生き物が墨で描かれている。剣一郎は戸を開けた。太助が竈《かまど》の前に立っていた。

「青柳さま」

太助がよほど驚いたのか頭の天辺《てっぺん》から声をだした。

「驚かせてすまなかった」

「いえ」

「何かありましたかえ」

「いい匂いがするな」

鍋が煮立っていた。

「これから飯か」

「へえ。青柳さまはお済みで？」

「いや、まだだ」

剣一郎は答える。

「じゃあ、ごいっしょしますかえ。あっ、青柳さまの口に合わないか」

太助は首を横に振る。

「馳走になろう。じつは、そのつもりで来たのだ」

「ほんとうですかえ。じゃあ、上がってください」

太助は弾《はず》んだ声を出した。

剣一郎は腰の刀をはずし、狭い部屋に上がった。太助はかいがいしく夕餉の支《し》度《たく》をした。

「いつも、自分で作っているのか」

「へえ。あっしは料理が好きなんです。この芋の煮っ転がしもあっしが」

器に、よく煮汁の染《し》みた里芋が山盛りになっていた。

「ただし、自己流なので味の保証は出来ません。ひとつ、つまんでみてくださ
い」

「よし、頂こう」

剣一郎は箸《はし》を持って器用に里芋をつまんだ。

「味が染みてうまい」

剣一郎は褒《ほ》めた。

「ほんとうですか」

太助はうれしそうに竈に行き、椀《わん》におみおつけをよそってきた。湯気が立って
いる。それからお新香を出し、ふとんにくるんであったお櫃《ひつ》から飯をよそった。

「あっ、そうだ。お酒を呑みますかえ」

「いや、いい。そなたは呑め」

「いえ、青柳さまが呑まなきゃ……」

太助は首を横に振り、飯を食いはじめた。

「太助、そなたはたいしたものだ。おつけもうまい」

「ほんとうですか。お替わりありますから、どんどんやってください」

太助は弾んだ口調で言う。

「では、お替わりをもらおう」

剣一郎は空《から》になった椀を差しだす。

剣一郎は飯もお替わりをし、山盛りだった芋の煮っ転がしもほとんどなくなっていた。

「うむ、うまかった」

剣一郎は箸を置いた。

「こんなにうまい飯を食ったのははじめてかもしれぬ」

剣一郎は満足げに言う。

「そう言っていただけるのはなによりです」

茶を飲んだあと、

「さて、そろそろ帰らねばならぬ」

「もう、お帰りで」

「太助、ほんとうにうまかったぞ」

剣一郎はもう一度言い、

「では」

と、立ち上がって土間に下りた。

「青柳さま。お送りいたします」

「いや、いい」

剣一郎は制した。

「でも」

「片づけがあろう。気にするな」

そう言い、剣一郎は太助に別れを告げ、土間を出た。

長屋の木戸に差しかかったとき、太助が追いかけてきた。

「どうした?」

「送っていきます」

「無用だ」

剣一郎はきつく言う。

「いやです。だって、今夜の青柳さまはへんです」

「そんなことはない」

「まるで今生の別れのように、あっしの作ったものをうまいって食べて」

「妙なことを言うな。ほんとうにうまかったのだ」

「あのおつけ。作っているとき、青柳さまがいらっしゃったので味噌の加減を間違えてしまいました。自分で飲んで失敗だったとわかりました。それなのに、青柳さまはうまいと言ってお代わりをなさいました」

「太助、考えすぎだ」

「きょうの青柳さまはいつもと感じが違います」

「そんなことはない」

剣一郎は太助の勘の鋭《するど》さに舌を巻いた。

「だったら、お屋敷までお供させてください」

太助は頑固《がんこ》に言う。

剣一郎は苦笑するしかなかった。

「わしの負けだ」

剣一郎は呟くように言い、

「わしは、これから『成田屋』に忍び込む」

と、悲壮な覚悟を見せた。

「…………」

太助は口を半開きにした。

「だが、そなたと最後のつもりで食事をしたのではない。五つまで間があったから、太助と過ごそうとしただけだ。わかったら、帰れ」

「いやです」

太助は強い口調で言い、

「あっしもお供します」

「だめだ」

「いえ。行きます」

「太助は意外と強情だな」

「青柳さまこそ」

「わかった」

剣一郎は折れた。

「『成田屋』にはわしひとりのほうがいい。ふたりでは怨霊も現われぬかもしれぬ」

「でも」

「聞け。太助」

　剣一郎は厳しい声で、

「そなたは『成田屋』の裏手で、わしが出てくるのを待つのだ」

「…………」

「よいな。そして、わしが入ってから一刻（二時間）経って出て来なかったら、京之進の屋敷に駆け込み、事情を説明し、『成田屋』に踏み込むように言うのだ」

「青柳さまが出て来ないなんて……」

　太助が泣きそうな声をだした。

「太助、大事な役目だ。よいな」

「へい」

　やっと太助が気丈に返事をした。

　四半刻（三十分）後、剣一郎と太助は『成田屋』の裏手に立った。生暖かい風が吹いている。

「青柳さま、お気をつけて」

「よいな、何があっても入ってくるのでないぞ。あくまでもわしの帰りを待つのだ」

「わかりました」

剣一郎は塀の穴を塞いでいる板をはずし、前屈《かが》みになって『成田屋』の庭に入った。

第三章　床下

一

『成田屋』の庭は雑草で覆《おお》われていた。前方に母屋《おもや》、その手前に水が涸《か》れて底が見える池がある。

安吉が若い女を見たという二階の屋根を見上げる。屋根の上は暗い空で、怪《あや》しい人影などない。母屋に近づくと、ひんやりしていた。

庭に面した縁側の雨戸が一部、朽《く》ちて庭先に落ちている。剣一郎は懐《ふところ》から蠟《ろう》燭《そく》と火縄《ひなわ》を取りだし、まず火縄に火を点《つ》け、それから蠟燭に火を移す。

廊下に上がる。廊下に足跡がいくつかあった。安吉や権蔵たちのものであろう。

蠟燭の明かりの輪の先は漆黒《しっこく》の闇《やみ》だ。

剣一郎は部屋に入る。むっとするようなよどんだ空気に、すえたようないやな臭い。障子《しょうじ》は破れ、畳《たたみ》も煤《すす》けて、毟《むし》られて藁《わら》が飛び出ている。押し入れの襖《ふすま》も破れ、何年もひとが住んでいないことがわかる。次々と荒れ果てた部屋を見て台所や帳場にも行く。

帳場には宿帳も残っていたが、ぼろぼろだった。

帳場の脇の梯子段《はしごだん》で二階に上がる。二階にも何部屋かあるが、階下同様荒れ果てている。剣一郎は蠟燭で足元を照らしながら部屋を移動する。

剣一郎はいちおう建物の中を一通り見たが、特に変わったところは見当たらなかった。障子を開けて、二階の廊下に出てみる。

廊下は雨戸が閉まって真っ暗だった。剣一郎は部屋に戻った。

蠟燭の火を消して、比較的汚れの少ない畳に腰を下ろした。安吉と行脚僧《あんぎやそう》、夢道、そして権蔵はこの家の中でどう過ごしたのか。

なにやら怪しげな冷気が襲いかかる。ふと、障子の向こうに白っぽい何かが動いた。剣一郎は素早く立ち上がり、障子を開けて廊下に飛び出た。

白いものが廊下の奥に消えた。微《かす》かな物音がした。剣一郎は火縄の火を蠟燭に点け、廊下を照らす。

そのまま廊下の奥に行く。床に埃《ほこり》が落ちていた。上から落ちたもののようだ。

剣一郎は蠟燭の明かりを廊下の天井に向けた。

板が少しずれていた。剣一郎は階下の台所に行き、踏み台を見つけた。それを持って二階に戻り、廊下の奥に置く。

剣一郎は踏み台に乗り、手を伸ばして天井板を押した。簡単にずれた。ひとひとりが抜けられる隙間《すきま》が出来た。

剣一郎は懐から鉤《かぎ》つきの縄を取り出し、天井裏の梁《はり》に投げた。何度か失敗して、やっと縄を梁に引っ掛けた。

ぐいと引っ張り、縄がしっかり絡《から》みついていることを確かめ、剣一郎は縄を伝って天井裏に上がった。若いころのようにはいかないが、それでも剣一郎の身はまだ軽かった。

天井裏に上がり、もう一度蠟燭に火を点ける。一面埃だらけだが、埃がないところが筋のように出来ていた。

剣一郎はその筋を辿《たど》った。すると、屋根の一部が崩れ、夜空が見える場所に出た。剣一郎はその穴から屋根に出た。

白い着物の女はここから屋根に出ていたのだ。

剣一郎は屋根に立ち、茅町二丁目の普請場《ふしんば》のほうを見た。暗いが建物の輪郭《りんかく》だけはわかる。

裏のほうに目をやる。塀の外に太助がいるのが見てとれた。眼下の庭に目を転じたとき、白っぽいものがぼんやり浮かんでいた。

はっとして、剣一郎は目を凝《こ》らした。女のようだ。剣一郎はすぐに屋根裏に下り、梯子段を駆け下りた。

廊下から庭に飛び出す。だが、そこには誰もいなかった。女が立っていた辺りを確かめる。

雑草が生い茂って足跡はなく、この辺りに立っていたという痕跡《こんせき》は見つからなかった。だが、確かに白っぽい着物の女がいた。

剣一郎は塀の壊れた場所に行き、太助に声をかけた。

太助が飛んで来た。

「ここから誰か出て行かなかったか」

「いえ、誰も」

太助は否定し、

「誰か中にいたのですか」

「いや、気のせいだったかもしれぬ」

「誰かいたんですね」

太助は怯《おび》えた顔で確かめる。

「太助。もうしばらく待て」

剣一郎は素早く引き返した。

あの女は剣一郎が屋根から下りる間に、母屋のどこかに隠れたのかもしれない。再び、蠟燭に火を点けて廊下から部屋に入る。

今度はまず二階から捜す。どこにもいないのを確かめて階下に行く。帳場に足を踏み入れたとき、ふと冷気を感じた。

帳場から廊下に出る。靄《もや》のようなものが暗がりに見えた。剣一郎は息を呑《の》み、靄に近寄った。だが、靄は消えた。

帳場の隣の部屋の障子に人影が見えた。剣一郎は素早く駆けつけ、障子を開けた。

だが、またもそこには誰もいなかった。消えた……。剣一郎はさっきとおなじように天井板を調べた。

天井裏にはなにも変わったことはなかった。

ふと足元に何か落ちていることに気づいた。剣一郎は手を伸ばした。朝顔の形をした根付《ねつけ》だ。土がついて汚れていた。

さっきこの部屋に入ったときは気づかなかった。

剣一郎は隅にあった燭台に蠟燭を立て、部屋の真ん中で腰を下ろした。

しばらくそこに座っていると、何かが肌に感じられた。ひとのいる気配ではない。何か得体の知れぬ者がこの建物の中にいるのは間違いなかった。

だが、剣一郎に敵意を持っているようではなかった。手に握っていた根付をもう一度見た。

朝顔の形をしていることで、おふみが朝顔が好きだったことを思い出した。おふみのものか。

おふみは、好太郎に呼ばれて『成田屋』に行くと言っていたという。しかし、好太郎はおふみを殺害後、江戸を離れているのだ。

千住宿を抜け、草加の手前に好太郎の着物が捨ててあった。好太郎は別人になりすましていずこかに去っていったのだ。

この『成田屋』にひそかに好太郎が帰っているという痕跡はない。にもかかわらず、おふみの霊は『成田屋』に好太郎がいると思ったのだろうか。

おふみのことがなければ、好太郎に失踪する理由はない。だから、おふみを殺して逐電《ちくでん》したということにされたが、ほんとうに好太郎が殺したのか。

志乃が酒田の寺で会った老住職の話が気になる。自分の弔《とむら》いを見て、死の恐怖から失踪したことも考えられる。

その場合、おふみを殺したのは好太郎ではないということになる。だが、そうなると、なぜおふみが殺されねばならなかったのかがわからない。おふみに他に殺される理由はないのだ、好太郎との痴情《ちじょう》のもつれしか考えられない。

ふと、猫の叫ぶような鳴き声が聞こえた。剣一郎は耳を澄ます。太助の声だと思った。何かを教えているのだと思った。

剣一郎はすっくと立ち上がり、刀を差した。

そして、蠟燭を吹き消した。たちまち漆黒の闇に包まれた。

しばらくして足音がした。剣一郎は廊下に出た。庭から数人の男たちが廊下に上がってくるのが見えた。

その前に、剣一郎が立ち塞《ふさ》がった。

男たちはぎょっとして立ちすくんだ。遊び人ふうの男が三人に、巨軀《きょく》の侍《さむらい》がひとり。身なりから浪人のようだ。

「そなたたち、なにしにここにやって来た?」

剣一郎は問い質《ただ》す。

「おどかしやがって」

頬骨《ほおぼね》の突き出た、目つきの鋭《するど》い男が吐き捨てた。

「てめえこそ、こんなところで何をしてやがる」

「盗人《ぬすっと》か」

「うるせえ。さっさと出ていかねえと痛い目に遭わせる」

男はいきなり匕首《あいくち》を抜いて突っかかってきた。剣一郎は体《たい》をかわし、男に足払いを食らわせた。

男は尻餅《しりもち》をついた。

「ちくしょう」

男は立ち上がって向かってきた。剣一郎は身を翻《ひるがえ》して攻撃を避け、

「おまえたちは何者だ?」

と、きびしくきいた。

他のふたりも匕首を構《かま》えた。

「なぜ、そんなにいきり立っている？」

剣一郎はきいた。

「わしがここにいては邪魔なのか」

「黙りやがれ」

中肉中背の男が匕首を振り回してきた。身をそらして切っ先《きさき》を避け、相手が手を伸ばしたとき、素早く手首を摑《つか》んで一捻《ひね》りした。

「痛《いて》え」

悲鳴を上げた。

その手を離すと、相手は転びながら剣一郎から離れた。

「この野郎」

長身の男が匕首を腰だめに構えた。

「待て」

浪人が声をかけた。

「おまえたちが敵《かな》う相手ではない。俺が相手だ」

浪人は刀を抜き、

「庭に出ろ」

と、吠《ほ》えるように言う。

「よかろう」

剣一郎は浪人に続いて庭に下りた。

浪人は剣を八相《はっそう》に構えた。自信に満ちた構えだ。

「きいても無駄だろうが、そなたたちの狙《ねら》いはなんだ？」

剣一郎はきいた。

「ねぐらをもとめにきただけだ」

浪人は答え、

「おぬしは何をしていた？」

と、逆にきいた。

「幽霊に会いに来た」

剣一郎は真顔で言う。

「くだらん噂《うわさ》を信じてか」

「噂だと思うのか」

「そうだ。いくぞ」

浪人はつっと迫ってきた。剣一郎は抜刀《ばっとう》して迎え撃った。火花を散らして切り結び、さっと両者は離れる。

浪人の顔から余裕の笑みが消えていた。今度は相手は正眼《せいがん》に構え、少しずつ間合いを詰めてきた。

剣一郎も正眼に構え、

「もう一度きく。なにしにここにやって来た?」

と、きく。

「さっき言ったはずだ」

「嘘《うそ》だな。ねぐらをもとめにきただけなら、ここまではしない」

剣一郎は鋭く言い、

「わしがいては邪魔なのだろう。そなたたちは何をしようとしているのだ?」

「うるさい」

浪人は上段から斬り込んできた。剣一郎は踏み込んで相手の剣を弾《はじ》き、剣を返しながら相手の左腕を襲った。

浪人もさっと体をひねって剣一郎の切っ先を避けた。

またも正眼に構えたが、いきなり浪人は構えを解いた。

「おい、引き上げだ」

浪人が言い、塀のほうに向かった。三人もあわてて浪人を追いかける。

剣一郎は黙って見送った。

太助の機転《きてん》に賭けた。

剣一郎はもう一度、建物の中に入った。

さっき根付が落ちていた部屋だ。剣一郎は燭台の蠟燭に火を点けた。蠟燭の炎が揺れている。

部屋の真ん中に座り、目を閉じた。剣一郎は肌で何かを感じようとした。冷気が流れ込んできた。

傍《そば》に誰かがいるような感覚に襲われ、剣一郎は目を開けた。蠟燭の明かりの届かない部屋の隅に、靄のようなものが浮かんでいた。

「そなたは誰だ？」

剣一郎は声をかけた。

「わしに何かを伝えたいのか」

まるで、剣一郎の問い掛けに答えるかのように靄が微かに揺れた。

「なんだ？」

そのとき、さっと風が吹き、蠟燭の炎が消えた。部屋の中に漆黒の闇が再び訪れた。と、同時に誰かがいるような感覚はなくなっていた。

剣一郎は蠟燭に火を灯《とも》した。そして、蠟燭で部屋の隅を照らした。すぐ壁で、ひとが隠れるような場所はなかった。

畳が汚れていた。土が微かに落ちていた。

剣一郎は母屋を出た。そして、庭からもう一度、建物を見た。しばらく見てから、剣一郎は塀の穴から外に出た。

太助はいなかった。剣一郎は板を穴に打ち付けてから『成田屋』をあとにした。


翌朝、八丁堀の屋敷に太助がやって来た。髪結いが引き上げたあと、剣一郎は太助と差向かいになった。

「太助、昨夜はごくろうだった。浪人たちのあとをつけてくれたか」

剣一郎は声をかける。

「へい。塀の外で待っていたら、あの連中が『成田屋』に入って行ったので驚きました」

「猫の声で知らせてくれたのだな」

「お気付きになるか心配でしたが」

「で、どうだったのだ？」

「奴ら、須田町にある旅籠『大駒屋』の裏口に入っていきました」

「なに、『大駒屋』だと？」

『大駒屋』の光右衛門は、『成田屋』の主《あるじ》好兵衛の弟で、好兵衛が病気で倒れたあと、好太郎の後見になった男だ。

「きょう、もう一度、『大駒屋』の周辺で、きのうの連中のことを聞き込んできます」

「うむ、頼んだ」

「それより、きのうはいかがでしたか」

「出た」

「えっ？」

太助は顔を青ざめさせた。

「おふみの霊ですか」

「もうひとつ、何かがいた」

「何かってなんですか」

「わからぬ。靄のような固まりだ。わしに何かを訴えているかのように感じた。そこで、これを拾《ひろ》った」

　剣一郎は懐から懐紙《かいし》に包んだものを取りだした。

「根付ですね、朝顔ですか」

「そうだ、朝顔の根付だ。まず、これが誰のものか確かめねばならぬ」

「それより、青柳さま。お気をつけください」

「怨霊《おんりよう》の祟《たた》りか」

　剣一郎は微笑《ほほえ》み、

「心配ない」

「ひょっとして、何か手掛かりが?」

「ある考えに到ったが、それでも説明出来ないことがあるのだ。安吉が屋根から転落したわけだ」

　安吉の転落は人為《じんい》的なものではない。死に際《ぎわ》に口にしたように『成田屋』の屋根に女を見たからだ。問題はなぜ、安吉は女の亡霊に衝撃を受けたのかだ。

「そのことがわかれば、わしの考えが正しいといえるのだが……。ともかく、まずきのうの連中のことを聞き込んでくるのだ」

「わかりました」

「待て」

太助を呼び止めた。

「昨夜の飯はうまかったぞ。また、食べさせてくれ」

「へい。いつでも」

鼻唄が出るような様子で太助が引き上げたあと、剣一郎も外出の支度《したく》をした。


八丁堀の掘割から舟で、剣一郎は隅田村の木母寺の近くにある『成田屋』の寮に行った。先日と同じように、剣一郎は庭から訪れ、おこうに会った。

「父御の様子はどうだ？」

「はい、ずいぶんとよくなっているようです」

「それはよかった。じつは、見てもらいたいものがあってな」

剣一郎は懐から懐紙に包んだ根付をとりだした。

「これだ」

剣一郎はおこうの顔を見つめた。

根付を手にしたおこうの顔色が一瞬変わったのがわかった。

「これは？」

「好太郎のものか」

「さあ。兄はこのようなものを持っていましたが……。これをどこで？」

「『成田屋』だ」

「『成田屋』？」

おこうが眉根《まゆね》を寄せた。

「昨夜、『成田屋』に入ってみた」

「『成田屋』のどこで？」

「帳場の隣の部屋だ。そこに落ちていた」

「ならば、兄のものではありません。兄がいなくなって、『成田屋』を閉めたあと、私も手伝って掃除《そうじ》をしました。兄が落としたものなら、そのときに見つかっているはずです」

そう言ったあとで、

「もしや、兄が帰ってきたのでは……」

と、おこうは言った。

「好太郎が『成田屋』に帰ってきたと思うのか」

「はい。兄はきっと帰ってくると思っていました。兄が帰って来たのかもしれません。だから、おふみさんの霊が『成田屋』に……」

「それなら、なぜ、ここに顔を出さぬ？　真っ先にここに顔を出していいはずだ」

「………」

「それにこの根付、長い間、土に埋まっていたかのように汚れている」

剣一郎はおこうの反応を窺《うかが》うように、

「じつは最初、この根付が落ちていた部屋に入った。そのときは根付はなかった。気づかなかったのではない」

「じゃあ、そのあとで誰かが？」

「うむ。そうとも考えられる」

剣一郎が屋根に上ったとき、庭に女を見た。急いで駆け下りたが、女はいなかった。そのあと、帳場の隣の部屋に行ったのだ。だから、女が落としたのかもしれない。だが、剣一郎に拾《ひろ》わせるためにわざと落としたように思えてならない。

女の仕業《しわざ》だとしたら、あの部屋に再び剣一郎が足を踏み入れるかどうかわからないはずだ。

やはり、あの靄のような影が気になる。

「ゆうべ、わしは霊に出会ったのかもしれぬ」

「霊？　まさか」

おこうは冷笑した。

「おこう。どうだ、あの部屋の床下を掘ってみないか」

「床下？」

「わしはどうも床下に、この根付の持ち主が眠っているように思えてならぬのだ。掘ってみたい」

「でも……」

「あの建物はそなたの持ち物。そなたさえ、許せば、ひとの手配はする」

「…………」

「どうだ？」

「わかりました。でも、叔父にも許しを得ませんと」

「『大駒屋』の光右衛門だな」

「はい。兄の後見人でしたので、いちおうは話を通さねばなりません。叔父に話をしてから……」

「わかった。今日明日中にも返事をもらいたい」

「わかりました。きょうにも叔父のところに行ってみます」

「頼んだ。返事は明日光右衛門から聞くことにしよう」

「はい」

剣一郎は編笠《あみがさ》をかぶって『成田屋』の寮をあとにした。

二

向島からの舟を日本橋川沿いの鎧河岸の船着場で下り、剣一郎は小網町一丁目の権蔵の長屋に行った。

非業《ひごう》の死を遂《と》げた権蔵の妻女おたけのその後も心配だった。あのような死に方をされて、少なからずおたけも重たいものを抱えて生きていかねばならないとしたら不憫《ふびん》だと思った。

長屋木戸を入ったとき、井戸端で長屋の女房たちが集まって笑っていた。女同士でなにやら卑猥《ひわい》な話をしている。

剣一郎はおやっと思った。一番楽しそうに笑っているのがおたけだった。権蔵の災難を苦しんでいたときの姿はどこにもなかった。

もうすっかり立ち直っている。そのことに安堵《あんど》したものの、権蔵の死から日にちが経《た》っていないことにひっかかった。

「まあ、青柳さま」

たけが剣一郎に気づいて近づいてきた。

「元気になったようだな」

剣一郎は複雑な思いできいた。

「はい。いつまでもくよくよしていても仕方ありませんから」

「そうよな。結構なことだ」

「はい」

「そなたの様子が気になっただけだ。邪魔したな」

剣一郎は引き返した。

帰り、大家《おおや》の清兵衛に会った。

「これは青柳さま」

清兵衛も顔色がよかった。

「その後、何も変わったことはないのだな」

「はい。おかげさまで……」

「皆、元気なようでなによりだ」

「はい」

清兵衛の顔も晴々《はればれ》としている。


なんとなく気になり、箱崎町にある回船問屋『北前屋』に行った。

この前の番頭に、

「権蔵と仲のよかった者に会いたいのだが」

「はい。少々お待ちください」

番頭は荷役の男が休んでいるところに行って、何か声をかけている。やがて、ひとりが立ち上がった。

番頭といっしょに小肥《こぶと》りの男がやってきた。肩が盛り上がり、腕も太い。

「この茂吉《もきち》が、権蔵と仲がよかったようです」

番頭が説明する。

「権蔵のことで何か」

茂吉がきく。

「権蔵のかみさんを知っているか」

「へえ、何度か会ってます」

「ふたりは仲がよかったのか」

「さあ、どうでしょうか」

茂吉は曖昧《あいまい》に言った。

「そうでもないということか」

「まあ」

茂吉は曖昧に答える。

「権蔵の弔いには行ったのか」

不審を抱いて、剣一郎はきく。

「行きました。でも、こんな気が楽な弔いはありませんでした」

「どういうことだ？」

「こんなこと言っていいかどうか」

茂吉は首をひねった。

「思っていることを話してもらいたい」

「へえ」

茂吉は迷っていたが、やがて口を開いた。

「権蔵は酒癖が悪く、酔うと凶暴になるんです。気に入らないと、すぐかみさんにも手を上げてました。よく、あんな男に我慢しているなって仲間と陰では言ってたんです。まあ、死んだ者にこんなことを言うのは気が引けますが、これでかみさんもせいせいしたんじゃないですかえ」

「気が楽な弔いというのは、残された者の悲しみを見ないで済んだということか」

「そうです」

茂吉は大きく頷《うなず》いた。

「そんなに権蔵は酒癖が悪かったのか」

「もともと凶暴な質《たち》でしたが、酔うと始末に負えませんでした。自分のかみさんだけでなく、他の者にも乱暴を働きますからね。権蔵が酔ったら、もう腫《は》れ物に触るようで、あっしたちでも気を使いました」

「そこまでとはな」

「へえ、酔っぱらって喧嘩《けんか》をして怪我《けが》をさせ、かみさんと大家が相手に詫《わ》びに行ったことが何度かありましたぜ。あの長屋じゃ、やっかい者だったんじゃないですか。弔いではみんな深刻そうな顔をしてましたが、終わったあとは笑い声がしてましたよ」

「そうか」

　剣一郎は胸が騒いだ。

「ですが、力は強いので荷役《のやく》の仕事では一番頼りにされていました」

「権蔵がよく行っていた呑み屋はどこだ？」

「鎧河岸にある『半兵衛《はんべえ》』って呑み屋です」

「わかった。すまなかったな」

　剣一郎は礼を言って『北前屋』を出て、日本橋川沿いを鎧河岸までやって来た。『半兵衛』はまだ暖簾《のれん》が出ていなかった。

　戸障子に手をかけると、がたぴし音がして開いた。仕込みの最中らしく、店は誰もいなかった。

　奥の板場のほうから誰かが顔を出した。

「すみませんね。まだなんで……。青柳さまでは」

　亭主らしき男は気づいて頭を下げた。

「手を止めさせてしまってすまぬが、少し教えてもらいたい」

「へえ」

「先日亡くなった権蔵はよく来ていたらしいな」

「へえ、来てました」

「どんな酒だ？」

「質のよくねえ酒でした」

「どんなふうに？」

「酔うと喧嘩っ早《ぱや》くなってしまうんです。気に入らないと、相手に殴《なぐ》り掛かりますからね。ここで喧嘩をして相手に大怪我を負わせてしまったことがあります。それからは、権蔵さんが酔いはじめたら、すぐにかみさんと長屋の大家さんを呼ぶようにしました」

「かみさんと大家がくればおとなしくなるのか」

「その場では」

「その場では？」

「長屋に帰ってからが大変だったようです。かみさんは生傷《なまきず》が絶えなかったんじゃないですかねえ」

ここでも権蔵の評判は悪かった。

夕方に、剣一郎は奉行所に行き、同心《どうしん》詰所に顔を出し、京之進が戻ってきたら顔を出すように言伝《ことづ》て、それから宇野清左衛門のところに行った。

「おう、青柳どの。何事もないか」

清左衛門は安堵したように言い、

「だが、何かあるとすれば二、三日後だ。十分に注意されよ」

と、気にした。

「わかりました。ですが、おそらく私には祟りはないと思います」

「なぜだ？」

清左衛門は不思議そうにきく。

「ゆうべ、あの旅籠に女が現われました」

「なんと」

清左衛門は目を剝《む》いた。

「しかし、私に対して敵意のようなものは感じませんでした」

「どういうことだ？」

剣一郎は昨夜の一切の経緯《いきさつ》を説明した。

息を詰めるように真剣な表情で聞き終えた清左衛門は、

「その根付は、霊が何かを訴えているということか」

と、緊張した声を出した。

「まだ早計《そうけい》なことを言えませんが、おふみと名乗った女は好太郎に会いに行くと言ってました。この言葉通りだとしたら、床下には好太郎が……」

「まさか……。好太郎の霊が青柳どのに訴えているのか」

「わかりませんが、私にはそうとしか思えません」

「むむ」

「そういうわけで、明日、『成田屋』の床下を掘ってみたいと思います」

「いいだろう」

清左衛門は答えてから、

「ともかく、ここ二、三日は十分に気をつけるように」

「はい」

与力《よりき》部屋に戻ると、しばらくして京之進がやって来た。

「青柳さま。お呼びと伺《うかが》いました」

「うむ、向こうへ」

剣一郎は立ち上がり、空《あ》いている部屋に移った。

差し向かいになって、

「きのうはすまなかった」

と、剣一郎はまず詫びた。

「いえ」

京之進は恐縮したように頭を下げた。

「じつは、昨夜『成田屋』に忍び込んだのだ」

剣一郎は打ち明けた。

「なんですって、『成田屋』にですか」

京之進は顔色を変え、

「青柳さまの身に何かお変わりは？」

と、きいた。

「だいじょうぶだ。ただ、女を見た」

「えっ？」

「が、すぐ消えた」

「…………」

京之進は深刻そうな顔をした。

「心配ない。とり憑《つ》かれてはいない」

剣一郎は苦笑し、

「そこで、これを拾った」

そう言い、朝顔の根付を見せた。

「これを『成田屋』の母屋の中でですか」

「そうだ」

そのときの様子を話し、

「好太郎がこのようなものを持っていたと、おこうが言っていた」

と、剣一郎は言った。

「誰かが落としたのでしょうか」

「そうではない」

「では、何者かがわざと置いた？」

「違う」

「では……」

京之進は顔を曇らせた。

「わからぬが、何かあるに違いない。これが落ちていた部屋の床下を掘ることを、おこうに勧《すす》めた。おこうは、きょう叔父の光右衛門に相談しているはずだ」

「床下に何が？」

「好太郎かもしれぬ」

「好太郎が？　しかし、好太郎は江戸を離れたのです。草加の手前で、足跡は途絶えていますが」

「うむ」

剣一郎は唸《うな》った。

確かに、好太郎は千住宿を行く姿を目撃されている。しかし、その後の行方はまったくわからないのだ。

草加の手前からこっそり江戸に戻ったとは考えられないか。そして、『成田屋』で何かがあった……。

その考えを、剣一郎は口にした。

「確かに、今日まで好太郎の行方の手掛かりがまったくないことが不思議でなりません。どこかで死んでいることは十分に考えられます。私は、ひょっとしたら自害したのではないかと思っていましたが……」

「その考えはもっともだ。しかし、わしはあの『成田屋』の床下に誰かがいるような気がしてならない」

剣一郎は霊を信じない。己の心の弱さが作り出す幻影《げんえい》だと思っている。だが、昨夜、あの部屋に浮かんでいた靄のような影は剣一郎が作り出した幻影ではない。この目でしかと見たという自信がある。

「いずれにしろ、光右衛門の承諾を得たら、明日にでも床下を掘ってみたい。その手配をするように」

「わかりました」

京之進は答えた。

「それから、昨夜、わしが『成田屋』にいる間に、遊び人ふうの男三人と浪人ひとりが入ってきた。何が狙いかわからぬが、気になる。今夜、『成田屋』の見張りを手配してもらいたい。誰も中に入れるな」

「わかりました」

「わしの話は以上だ。そなたの話を聞こう」

剣一郎は京之進を促した。

「はっ」

京之進は息を整えてから、

「今戸の弔いの一行の件ですが、どの寺でも当夜に法事や寄合などはなかったとご報告いたしましたが、橋場《はしば》から山谷《さんや》に帰る職人が弔いの一行を見ていました」

「なに、弔いの一行を見ていた？　数人の男女の一行ではなく、弔いの一行をか」

「はい。こんな夜遅くに奇妙なことだと思ったそうです」

直吉は弔いの一行ではなく、数人の男女の一行を見たと言っていた。だが、通り掛かりの職人は弔いの一行だという。

「それで、棺桶《かんおけ》屋を当たったところ、そのころ、庭に置いていた古い棺桶がひとつなくなった。ところが、その棺桶が近くの寺の墓地で見つかったというので、薄気味悪かったと言ってました」

「そうか」

剣一郎は唸り、

「これはもう一度、別の見方で調べなければならぬな」

と、呟《つぶや》いた。

「では、さっそく、『成田屋』の見張りを手配いたします」

京之進が去ったあと、剣一郎は弔いの一行のことを深く考えていた。

「頼んだ」

その夜、屋敷に帰った剣一郎は、夕餉《ゆうげ》のあとで離れの剣之助と志乃のところに行った。

「父上。御用がおありでしたら、こちらから伺いましたものを」

剣之助が畏《かしこ》まって言う。

「いや。志乃にもききたいことがあったのだ」

「そうですか、どうぞ」

剣之助が上がるように勧める。

「うむ」

剣一郎は部屋に上がって剣之助と志乃のふたりに向かい合った。

「先日聞いた酒田の老住職の話だ」

剣一郎は切りだした。

「自分の弔いを見た恐怖心から江戸を出奔《しゅっぽん》したのは四十年以上も昔のことだったな」

「はい」

志乃が答える。

「確か、本郷菊坂町に住んでいたと？」

「はい、若いおかみさんと暮らしていたそうです」

「父上、何か」

「うむ。出奔された側の者の気持ちが知りたくてな。もし、住職の俗名《ぞくみよう》がわかれば、かみさんを捜してみたい。四十年以上も前のことでは今さら難しいことはわかっているが」

「どうだ、聞いているか」

剣之助が志乃に確かめる。

「いえ。ただ、本郷菊坂町で指物《さしもの》職人をしていたとお聞きしました。江戸の職人さんが酒田のお寺で住職をしているという変わった素性の裏に、そんな恐ろしい事情があったのかと驚いた覚えがございます」

「本郷菊坂町で指物職人か。いや、それだけでも大きな手掛かりだ。志乃、助かった」

「お役に立てたのならうれしゅうございます」

志乃は笑みを浮かべた。

「すまなかった」

ふたりの邪魔をしないように、剣一郎はすぐに引き上げた。

三

翌朝、剣一郎は須田町にある『大駒屋』の光右衛門を訪ねた。

宿泊客が玄関から出て行くのを光右衛門や女中たちが見送った。江戸見物の客のようだった。

「これは青柳さま」

光右衛門が剣一郎を認めて頭を下げた。

「よいか」

「はい。どうぞ」

光右衛門は中に招じようとしたが、

「いや、立ち話ですぐ終わる」

と、剣一郎は言い、人気《ひとけ》のない路地のほうに移動した。

「おこうから話を聞いたと思うが……」

　剣一郎は切りだす。

「聞きました。そんなばかなことはないと叱《しか》ったのですが、おこうはどうしても床下を掘りたいと言うので……」

　光右衛門は困惑ぎみに答えた。

「掘ることに異存はないのだな」

「はい」

「そうか。ならば、さっそく手配をし、昼過ぎに作業をはじめよう」

「わかりました。私もおこうも立ち会わせていただきます」

「わかった。では、昼頃に現地で」

　そう言い、剣一郎は表通りに出た。『大駒屋』から離れたとき、すっと横に太助がやってきた。

「何かわかったか」

「へえ。遊び人ふうの三人は以前から『大駒屋』に出入りをしている連中で、客との揉《も》め事のたびにお呼びがかかるそうです。浪人のほうは下川軍兵衛《しもかわぐんべえ》といい、最近になって雇《やと》ったそうです」

「最近とは？」

「ここ十四、五日以内だそうで」

「というと、幽霊騒ぎからか」

「そうみたいです」

「そうか。きょうの昼過ぎ、『成田屋』の床下を掘る」

「ほんとうですか」

「うむ」

「何か出てくるのでしょうか」

太助は怯えたようにきく。

「おそらくな」

「…………」

太助は生唾《なまつば》を呑み込む。

「太助、調べてもらいたいことがある」

「なんでしょうか」

「四十年以上も前、本郷菊坂町に住む指物職人が突然、失踪した。指物職人を訪ね、失踪した職人の名と妻女のことをきき出してもらいたい」

「四十年以上も前のことですか」

「当時二十代だと思う。はるか昔のことだから、知っている者はいなくなっているかもしれないが……」

「わかりやした。調べてきます」

「頼んだ」

太助は本郷に向かって走って行った。


昼過ぎに、茅町一丁目の『成田屋』の大戸が開いた。

その土間には、作業をする仕事師たちが集まっていた。光右衛門とおこうもやってきてから、剣一郎は印半纏《しるしばんてん》を羽織った仕事師の頭《かしら》に声をかけた。

「掘る場所に案内する」

「へい」

京之進とともに仕事師の頭を帳場の隣の部屋に案内した。

京之進も仕事師の頭も臆《おく》したように用心しながら剣一郎のあとについてきた。

あちこちの窓を開け、明かりを取り込んでいるが、問題の部屋は明かりが届かず、京之進の持っているがんどう提灯《ちょうちん》の明かりが頼りだった。

部屋に中に入り、剣一郎は言う。

「この部屋の床下だ」

「わかりやした」

頭は頷き、

「では、さっそくかかります」

頭は手下を呼びに行き、剣一郎と京之進は廊下に出た。

仕事師たちといっしょに光右衛門とおこうもやって来て、剣一郎と京之進と並んで廊下から部屋の中の作業を見守ることになった。

頭ががんどう提灯を持って照らす中、鳶《とび》の者たちは手際よく畳を鳶口《とびぐち》で引っかけて持ち上げ、どんどん壁に立てかけていった。

たちまち八畳間は床板だけになった。続いて床板をはずす。頭が明かりを床下に向けた。

床板を半分ほどはがしたあと、頭は床下に顔をつっ込み、明かりを床下の奥に向けた。

床下の土を鍬《くわ》で掘り起こし、畚《もっこ》で除《のぞ》いた土を外へ運び出す。

動きがあったのは、それから間《ま》もなくだった。

「なにか莚《むしろ》に包んだものが埋まっています」

頭がこっちに顔を向けた。

まだ、作業をしている者に変化はない。

剣一郎の隣にいたおこうの息を呑む声が聞こえた。光右衛門もがんどう提灯の明かりの先を恐ろしい形相《ぎょうそう》で見つめている。

剣一郎も腰を落として覗き込む。明かりの中に莚が見えた。荒縄で結《ゆ》わいてある。

そのとき、悲鳴が上がった。

「どうした？」

頭がきく。

「ひとです」

「よし、あげろ」

やはり、亡骸《なきがら》があったか、と剣一郎は思わずため息をついた。

亡骸が引き上げられ、莚のまま用意してあった別の莚に載せられた。

「よし、土間まで運べ」

頭の指図で、亡骸は土間に運ばれた。

京之進が小柄《こづか》をとり、荒縄を切って莚を開いた。僅《わず》かに残った衣服に白骨化した亡骸が現われた。

おこうが前に出てきた。

「兄さん」

亡骸の前にしゃがんだ。

「好太郎に間違いないのだな」

剣一郎は確かめる。

「好太郎の着物です」

光右衛門も言い切ったが、

「なぜ、好太郎がこんなところで……」

と、叫ぶように言った。

「亡骸を検《あらた》める」

京之進が言い、亡骸の傍《そば》にしゃがんだ。

剣一郎もいっしょに検める。

白骨化した亡骸は、聞いていた好太郎の背丈とほぼ同じで、幼いころ骨を折った痕《あと》からも、好太郎のものに違いなかった。

「左胸骨に傷があります」

京之進が言う。

「心ノ臓を一突《ひとつ》きされている。下手人は心ノ臓を突き刺して殺し、床下に隠したのだろう」

剣一郎は言った。

「死後、どのくらいでしょうか」

京之進がきく。

「この床下の様子を考えると数年は経っている」

剣一郎は答える。

「江戸から逃げて、それほど間もないころですね。なぜ、好太郎はここに戻ってきたのでしょうか」

京之進が疑問を口にした。

剣一郎はおこうと光右衛門の顔を交互に見て、

「なぜか、わかるか」

と、きいた。

「わかりません」

おこうは悲しみを堪えながら言う。

「江戸に未練があってここにやってきたのかもしれません」

光右衛門が言い、ふと思いついたように、

「あるいは何かをとりにきたのかもしれません。江戸を離れるときはあわてていたので忘れていったものがあったのかもしれません」

と、続けた。

「兄はおふみさんを殺していません」

おこうが口をはさむ。

「だが、現に好太郎が千住宿を通ったのを見ていた者がいたのだ。好太郎は店の金を十両持って逃げた。もしかしたら、その金を使い果たし、店の金を盗むつもりで戻ったのかもしれない。商売をやめていることを知らずに……」

光右衛門は大仰《おおぎょう》にため息をつき、

「だが、好太郎の行方がわかってよかった。行方知れずのままだったら、おこうだって気持ちの整理もつけられなかっただろう。おこう、好太郎をちゃんと供養《くよう》して、母親と同じ墓に眠らせてやろう」

そのとき、土間に駆け込んできた男がいた。

「お嬢さま」

三十ぐらいのがっしりした体つきの男は『成田屋』の番頭だった新助だ。

「新助」

おこうが涙声で呼んだ。

「じゃあ、若旦那《わかだんな》で……」

新助は剣一郎に拝むように言う。

「お願いです。好太郎さんに会わせてください」

「いいだろう」

剣一郎は許した。

新助は白骨化した亡骸を覗き込み、

「若旦那」

と、嗚咽《おえつ》を漏《も》らした。

「新助、おまえはまだ『成田屋』と縁を持っていたのか」

光右衛門がきいた。

「はい。旦那さまには大変世話になりました。ときたま、向島の寮にお見舞いに行っております」

新助は俯《うつむ》いたまま答える。

「確か、そなたは『成田屋』の番頭だったな」

京之進がきいた。

「はい、そうでございます。若旦那が姿を晦《くら》まし、商売を続けられなくなったので、『成田屋』をやめました」

「では、いっしょに好太郎を手厚く葬《ほうむ》ってやることだ」

「はい」

剣一郎はもう一度、好太郎の亡骸の傍に行き、顔を覗き込んだ。

(わしに根付を見つけさせ、居場所を教えたのはそなたか)

剣一郎は内心で問い掛ける。

(そうなら、そなたをこのような目に遭《あ》わせたのが誰か、教えてはくれぬか)

亡骸は答えてはくれなかった。

(いや、答えずともよい。わしが必ず下手人を捜し出す。そなたの無念をきっと晴らしてみせる)

そう誓った。

四

その日の夕方に、好太郎の亡骸は菩提寺《ぼだいじ》の入谷の寺に運ばれた。

その一行を見送ったあと、京之進が感慨《かんがい》を込めて言った。

「おふみの霊はやはり好太郎に会いに来たのでしょうか」

「うむ」

剣一郎はため息をついて唸る。

京之進は安心したように続けた。

「これで、怨霊騒ぎも落ち着くかもしれません。あとはそれぞれの殺しの下手人を捜すだけです」

「もうひとつ、どうも解《げ》せぬことがある」

剣一郎は口をはさんだ。

「解せぬことですか」

「そうだ」

剣一郎はかねてからの疑問を口にした。

「なぜ、おふみの霊が大工の安吉にとり憑いたのか。好太郎に会いにくるだけなら、安吉にとり憑く必要はない」

「そうですね……」

「わしは幽霊はひとの心が作り出すものと思っている。だとしたら、安吉の心に幽霊を生み出す何かがあったのではないかと思うのだ」

「……………」

「念のためだ。安吉と『成田屋』の繋がりを調べてみてくれぬか。どんな繋がりでもいい。安吉は大工だから『成田屋』の修繕《しゅうぜん》に行ったりしていないか」

「わかりました」

「それから、行脚僧のことだが」

剣一郎はふたり目の犠牲者に触れた。

「行脚僧はあの部屋で何かを感じ取ったのではないか」

「亡骸があることをですか」

「そうだ。死者の発する何かを感じ取ったのではないか。大道易者《だいどうえきしゃ》の夢道と行脚僧にどこかで接点はなかっただろうか」

剣一郎は自分自身に問い掛けるように言う。

「京之進、もしかしたら我らはどこかで何か大きな勘違いをしているのかもしれぬ」

「勘違いですか」

「そう、勘違いだ」

「どういう点でしょうか」

「まだ、何とも言えない。今、あることを確かめている。それがはっきりすれば、何かが見えてきそうだ」

それまで待てと、剣一郎は言った。

「わかりました。とりあえず、安吉のことを調べてみます」

「頼んだ」

京之進と別れ、剣一郎はいったん奉行所に戻り、宇野清左衛門に好太郎の亡骸が見つかったことを告げ、屋敷に戻った。

夕餉を終えた部屋に戻ったとき、太助が庭先からやってきた。

「青柳さま。今、いいですかえ」

部屋に現われるのをさっきから待っていたようだ。

「その様子では何か摑《つか》んできたようだな。さあ、上がれ」

「いえ、足が汚れていますから」

「そこに雑巾《ぞうきん》があろう。それで足を拭《ふ》け」

「これ、ひょっとしてあっしのために」

雑巾を摑むと、水気《みずけ》があった。

「いいから上がれ」

「へい」

太助はうれしそうに縁側に腰を下ろして、雑巾で足を拭いた。

部屋に入ってきて、太助は畏まった。

「本郷菊坂町に指物師の梅吉《うめきち》という親方がおりました。六十も半《なか》ばを過ぎているようですが、ずいぶん元気な年寄りで、四十年ちょっと前にいきなり姿を晦ました職人はいなかったかってきいたら、なぜ、そんなことをきくんだって怒ったように言うんです。ちょっと頑固《がんこ》そうな男だったので、つい青痣与力の手の者だと名乗ったらとたんに態度が変わって……。改めて青柳さまのすごさを」

「太助、よけいなことはいい」

「いけねえ」

太助はぽんと手のひらで額《ひたい》を叩《たた》いた。

剣一郎は苦笑した。こういう剽軽《ひょうきん》さは文七にはなかった。有能ではあったが、生真面目《きまじめ》過ぎた。武士になり、苦労しているかもしれないと気になった。今の事件が解決したら、一度様子を見に行ってみようと思っていると、太助が口を開いた。

「梅吉親方が言うには、兄弟子の勘太《かんた》って職人が、ある日突然、姿を消し、そのままになってしまったと言ってました」

「やはり、いたのか」

「へえ」

「よし。明日、案内してくれ」

「わかりました」

「今夜はここで夕餉を食っていけ」

「いいんですかえ。ありがてえ」

剣一郎は手を叩いた。

多恵が顔を出した。

「太助に飯を頼む」

「太助さん。昨夜は太助さんの家で夕餉をご馳走《ちそう》になったそうですね。おいしかったとご満悦《まんえつ》でしたよ」

「そうじゃねえんです。味噌《みそ》の加減を間違えてしまったのに青柳さまはおいしいと仰《おつしや》ってくれたのです」

「いや。ほんとうにうまかった」

「そうですよ。ほんとうにおいしかったそうですよ」

「…………」

太助が俯いた。

「太助、どうした？　おや、泣いているのか」

「いえ、ちょっと目にゴミが……」

「太助さん。さあ、向こうに行きましょう」

「へい」

太助は涙を拭《ぬぐ》って立ち上がった。

しばらくして、多恵が戻ってきた。

「太助さん、おまえさまがおいしいと言ってくれたこと、よほどうれしかったんですね」

「ふた親が早死にし、十歳のときからシジミ売りをして、ひとりで寂しさと闘いながら生きてきたんだ。ちょっとしたことにも感じ入ってしまうのだ」

「それにしては明るくて……」

「そう、不思議なことに剽軽なところもあってなかなかいい男だ」

「あのようなところが文七にもあったら……」

多恵が剣一郎と同じ感想を言ったことに驚きながら、

「文七にはまた別のよさがあるのだ。そこを生かせばよいだけのことだ」

「そうですね」

多恵は安心したように微笑んだ。

そのとき、女中がやってきた。

「入れ」

剣一郎が声をかけると、襖が開いて入って来たのは橋尾左門だった。剣一郎の竹馬《ちくば》の友で、いつも我が家のように勝手に入ってくる。

「まあ、左門さま。お久しぶりでございます」

「いや、ご無沙汰《ぶさた》」

磊落《らいらく》に言ったあとで、いきなり剣一郎の前にしゃがみ、真剣な眼差《まなざ》しで顔を見つめた。

「なんだ。どうしたんだ?」

剣一郎は左門の突飛《とっぴ》な行動に驚いてきいた。

左門は剣一郎の顔をじろじろ見つめていたが、

「うむ、これならだいじょうぶだ。普段と変わらぬ」

と、ようやく離れた。

「左門さま。何がだいじょうぶなんですか」

「いや、もしや怨霊にとり憑かれてはいないかと心配になってな。なにしろ、

『成田屋』にひとりで……」

「左門」

剣一郎は声を高めた。

左門ははっとして、

「いや、『成田屋』の噂を聞いて気になったのだ。顔色を見て、安心した」

「『成田屋』にもう怨霊は現われぬよ」

「そうなのか」

「今、お酒をお持ちしますね」

「太助のぶんも頼む」

剣一郎は去って行く多恵に声をかけた。

「おい、左門」

「すまぬ。多恵どのには内緒だったのだな。つい、心配が先に立って」

「しばらく顔を出さなかった癖《くせ》に、久しぶりにやってきたらこれだ」

剣一郎は苦笑する。

「そういえば、るいが嫁《よめ》に行ってから、あまり顔を出さなくなったな」

「ああ、そうだ。るいがいなくなって寂しい」

娘のるいは高岡弥之助《たかおかやのすけ》に嫁《とつ》いでこの屋敷を出て行ったのだ。

「まあ、るいも左門の話にはいつも笑い転げていたからな」

「そうだ。実の娘を手放したような気がしてな」

左門がしんみり言うので、剣一郎もるいを思い出し、急に寂しさに襲われた。

だが、酒が運ばれてきて、太助も加わってから剣一郎も左門も元気を取り戻していた。

翌日、本郷菊坂町の指物師の梅吉の家に行った。

「親方。きのうはどうも」

太助が戸を開け、梅吉に声をかけた。

「おう、おまえさんか。おや、青柳さまでは」

木で家具を作っている手を止め、梅吉は立ち上がって近づいてきた。

「すまぬな。仕事の邪魔をして」

剣一郎は詫びを入れる。弟子たちもそれぞれ木箱などを作っていた。

「とんでもねえ。ひょっとして、兄弟子の勘太のことですね」

「そうだ。話を聞かせてもらいたい」

「へい。どうぞ、こちらへ」

梅吉は作業場の脇の畳の部屋に剣一郎と太助を案内した。

向かい合うと、梅吉が切りだした。

「きのう、あれからいろいろ思い出してみました。太助さんのおかげで四十年前のことがだいぶ蘇《よみがえ》ってきました」

「そうか。それはありがたい」

剣一郎は応じてから、

「さっそく、勘太のいなくなったときの様子を教えてくれぬか」

と、促した。

「へい。あっしと勘太兄《あに》いは同じ親方のところで働いていました。あれは夏の暑い日でした。ずいぶん勘太兄いが塞ぎ込んでいるので、どうしたんだってきいたんです。最初は煮え切らない様子だったんですが、そのうちにこんなことを言いだしたんです。おめえは自分の弔いの夢を見たことがあるかと。そんなものはねえと言うと、じつは俺は見たって言うんです」

梅吉は真顔になって、

「仕事の帰り、一杯呑んで家に帰ったら、兄いのかみさんが泣いていて、傍に白い布を顔にかけられて誰かが寝ていた。通夜《つや》の最中だったようです。風が吹いて白い布がめくれ、自分の顔が現われた。その夢を見た日の朝、長屋木戸を出たとき、薄汚い墨染《すみぞ》め衣《ごろも》に網代笠《あじろがさ》の坊さんが立っていて、兄いの顔を見て死相が出ているといいだしたそうです」

ふっと息を吐いたのは太助だった。

「坊さんから最近何か変わったことはなかったかときかれ、夢の話をしたそうです。そしたら、坊さんはおまえは死ぬと」

「坊主がそう言ったのだな」

「そうです」

権蔵の場合と同じだ。

「そのとき、同じような夢を見た男がその後死んでいると、坊さんは話したそうです。それですっかり怯えてしまっていたんです。あっしは、そんなばかなことはないと言って取り合わなかったのですが……」

「その日のうちに姿を晦ましたのか」

「いえ。二、三日後だったと思います。その間は、今までの兄いに戻っていました。だから、弔いの夢を見たことが理由で姿を晦ましたのかどうかははっきりしません」

「周囲はどう見ていたのだ?」

「それが……」

「どうした?」

「へえ。そのころ、近くの料理屋の女中がいなくなっていたんです」

「料理屋の女中が?」

「へえ。じつは、兄いはその女中が気に入っていたんです。だから、勘太はかみさんを捨てて、その女中と逃げたんだという噂になりました。あっしも、かみさんから逃げる口実に怪談を作ったのだと思ってました。ところが、一年後、女中が帰ってきたんです。赤子を抱いて」

「赤子？」

「じつは料理屋の若旦那の子を身籠《みご》もって、お産のために巣鴨《すがも》村の実家に帰っていたそうです。女中と兄いはまったく関係なかったんです」

「そうなると、弔いの夢を見たせいということになるのか」

「わかりません。でも、あれから約四十年。とうとう勘太兄いは帰ってきませんでした」

梅吉はやりきれないように言ってから、

「それにしても、どうして今ごろ、勘太兄いのことを？」

と、不思議そうな顔をした。

「庄内藩に酒田というところがある」

「酒田は知ってます」

「うむ。そこのある村の寺の老住職は昔本郷菊坂町で指物職人をしていたそうだ。あるとき、家に帰ったら自分の通夜をやっていた。そういう夢を見た。同じような体験をした職人が死んでいるので、怖くなって江戸から逃げた。放浪の末に酒田に辿《たど》り着いたという」

「まさか、その住職は……」

梅吉が愕然としたように言う。

「勘太かどうかはわからぬ。その老住職は若いころにどこぞで放浪している勘太と出会い、怪奇な体験を聞いた。その後、歳をとって、他人の体験が自分のことのように思えてきた。そういうことも考えられなくはない。というのも、若干の違いがあるからだ。老住職は自分の弔いを実際に見たと言うが、勘太は夢で見たという」

「そうですね」

「だが、その老住職が勘太であると思ったほうが、勘太を知る者にとっては救われるかもしれぬな」

「はい」

「勘太を知る者といえば、勘太のかみさんがどうしているか知っているか」

「おとしさんですね。知っています」

「おとしと言うのか」

「へい」

「まだ、達者《たっしゃ》であったか」

「へえ、達者でございます。勘太がいなくなって三年後に、本郷三丁目にある『信州屋《しんしゅうや》』という酒問屋の旦那の後添《のちぞ》いになりました。今は隠居していますが、とても元気です」

「『信州屋』か。これから会ってみる」

「母屋の裏の離れにひとりで住んでおります」

「旦那は？」

「二年前に亡くなりました。もう歳でしたから」

「わかった。ところで、小網町一丁目の権蔵という荷役の男を知らないか」

「いえ、存じあげません」

「そうか。邪魔をした」

剣一郎と太助は梅吉の家を辞去《じきょ》した。

本郷通りに出て、本郷三丁目にある『信州屋』はすぐわかった。

酒問屋の店先にいた番頭ふうの男に、おとしに会いに来たことを告げた。すぐに、番頭は庭を通って、離れに案内した。

縁側に猫を膝《ひざ》に抱いた老女がいた。番頭が近寄って何か囁《ささや》いた。老女が顔を向け、頭を下げた。

「どうぞ」

番頭が会釈《えしやく》をして去って行く。

剣一郎と太助は縁側に近づいた。猫がいきなり老女の膝からおりて、太助にしがみついていった。

「よしよし」

太助が猫を抱き上げる。

老女が目を瞠《みは》り、

「タマは私以外にはなつかないのに」

と、呟いた。

「この者は太助といい、わしの手の者だが、本職は猫の蚤取《のみと》りだ」

剣一郎が説明すると、老女は納得したように大きく頷いた。

「わしは南町与力の青柳剣一郎と申す。四十年ほど前まで、指物職人勘太の連れ合いだったおとしだな」

剣一郎は名乗ってから確かめた。

「はい。さようでございます」

おとしは背を丸めて答える。

「指物師の梅吉から聞いてやってきた。じつは、わしの知り合いが酒田という町の郊外にある寺の老住職から奇妙な話を聞いた。その老住職は本郷菊坂町で指物職人をしていたそうだ。あるとき、家に帰ったら自分の通夜をやっていた。同じような体験をした職人が死んでいるので、怖くなって江戸から逃げた。放浪の末に酒田に辿り着いたという」

「………」

おとしは口を半開きにした。

「梅吉が言うには、兄弟子の勘太という者が、自分の弔いの夢を見て恐怖におののいていたという。その話を聞かせてもらいたい」

しばらく茫然としていたおとしははっと我に返ったように目をぱちくりさせ、

「そうですか。あのひとはそのようなところで……」

と、声を詰まらせた。

「そのような事実はあったのだな」

「はい」

おとしは認め、

「あのひとのことではずっと心を痛めておりました」

と、打ち明ける。

「ある朝、起きてからあのひとが浮かない顔をしているのできいたら、夢見が悪いと言って、夢の話をしたんです。ほろ酔いで長屋に帰ったら、自分の家は通夜の真っ最中で、私が泣いていた。ホトケの顔を覆っていた白い布が風に煽《あお》られめくれた、その顔は自分だったと。俺はここにいると叫んでも、誰も気づいていなかったそうです。その日はそのまま仕事に行きましたが、私もなんだか気になって。そこで、たまたま托鉢僧《たくはつそう》を見かけたので、事情を話してみたのです。すると僧は、それほど気にしているのは何か疚《やま》しいことがあるからだ。私が少し脅《おど》かして、正直に打ち明けるようにさせましょうと言ってくれたのです」

おとしはまるでついこの間のことのように話す。

「次の日の朝、その托鉢僧が木戸の前で待ち伏せ、出てきたうちのひとに死相が出ていると脅したそうです。同じような夢を見た男が過去に死んでいると話し、何か隠していることがあればおかみさんに打ち明けなさいと助言したそうです。それから、間もなく、うちのひとは姿を晦ましたんです。でも、そのころ、料理屋の女中といっしょだという噂を聞き、そうだったのかと腹を立てていました。そしたら、一年後にその女中が帰ってきて、料理屋の若旦那の子を身籠もって実家に帰っていたのだとわかり、じゃあ、うちのひとはどうしていなくなったのだと悩みました。今の青柳さまのお話を聞き、やっとわかりました。やはり、あのひとは托鉢僧の脅しを真《ま》に受けて江戸を離れたのですね」

　おとしは目頭を押さえた。

「しかし、なぜ、托鉢僧の脅しを真に受けてしまったのか」

「托鉢僧が言うように、あのひとには疚しいことがあったんだと思います」

「何か心当たりがあるのか」

「はい。あのころ、あのひとの叔父さんが酒に酔って神田川にはまって死んでいるんです。その直前まで、あのひとは叔父さんといっしょに呑んでいたんです。叔父とは反《そ》りが合わなかったのです。托鉢僧が言う疚しいこととはこのことかと……」

「勘太が叔父を川に突き落としたと考えたのだな」

「はい。叔父さんが用を足そうと川っぷちに行って誤って落ちたということになりましたが、仲が悪かったことを知っている私は、あのひとが突き落としたのではと考えるようになりました」

「そうだったのか」

「でも、あのひとが酒田で健在でいたことを知って、私も救われた思いです」

おとしは涙ぐんだ。

酒田の老住職がほんとうに勘太であったかはわからない。しかし、怪談の正体は姿を現わしつつあった。

「四十年前のことをよく覚えているが、もしかしたら、最近、この話を誰かにしたことはないか」

剣一郎はいよいよ核心に触れた。

「はい、いたしました」

「誰だ？」

「小間物屋《こまもの》さんです。話し込んでいるうちに、そんな話になって」

「ひょっとして、小間物屋の名は直吉？」

「はい。直吉さんです」

おとしは不思議そうな目で頷いた。

剣一郎は思わずため息をついていた。

五

その日の夕方。剣一郎は伊勢町堀の堀端で待っていた。堀には荷を積んだ船が頻繁に出入りをしている。

長屋まで直吉を呼びに行かせた太助がやってきた。

「今、来ます」

「ごくろう」

剣一郎は気が重かった。が、確かめなければならなかった。

やがて、直吉がやってきた。近くまできて、直吉は何かを察したかのように立ちどまった。

そして、再び歩を進め、剣一郎の前に立った。

「ごくろう」

剣一郎は声をかけた。

「へい」

色白の顔が強張《こわば》っている。緊張しているようだ。

「じつは、権蔵の評判があまりいいとは言えないのがちと気になってな。権蔵は長屋ではどう見られていたのだ?」

剣一郎は静かな口調で切りだした。

「へえ。確かに、酒に酔うと少し乱暴になります。ですから、少し怖がられてはいました」

直吉は用心深く答える。

「女房のおたけを殴ることもあったと聞いたが?」

「そういうこともありました」

「長屋の連中はみなおたけに同情していたのではないか」

「はい」

返事まで一拍の間があった。

「誰も権蔵に好意は持っていなかったのであろうな。それより、嫌っていたか」

「まあ」

「直吉。そなたはどうなのだ?」

「何がでございましょうか」

「権蔵に対してだ」

「別に」

「なんとも思っていないということか」

「ええ、まあ」

直吉は口を濁《にご》す。

「大家がこう言っていた。井戸端で、『成田屋』の怨霊のことが話題に出て、みなが怖がっているところに権蔵が通り掛かって、みなをばかにした。そこで、『成田屋』に忍び込んで半刻でも過ごしたら料理屋で酒を浴びるほど呑ませてやると、そなたが言ったのだったな」

「はい」

「なぜ、そんな賭けをしたのだ?」

「その場の雰囲気でつい……」

「あの『成田屋』に忍び込んだことが、権蔵にとっては後の弔いの一行を見た呪《のろ》いにつながっている。そういう意味では、権蔵が『成田屋』に忍び込んだのは大きな意味があった。そうは思わぬか」

「さあ」

目をそらした直吉をじっと見つめ、

「本郷三丁目にある『信州屋』という酒屋を知っているな」

「…………」

直吉ははっとしたようになった。

「どうした?」

「知っています」

間を置いて答える。

「離れにいるおとしはどうだ?」

「へえ、知っています」

「得意先か」

「はい」

「おとしの昔話を聞いたそうだが、間違いないか」

「へえ」

直吉は小さくなって言う。

「どんな話だった?」

「へえ、最初のご亭主が行方を晦ました話です」

「なぜ、行方を晦ましたのだ?」

「…………」

「権蔵の場合と似ていないか」

「さあ」

「なぜ、似たような出来事が起きたのだ？」

「偶然かと思います」

「偶然か。しかし、違うところはある。おとしの亭主は自分の弔いの夢を見たのだ。権蔵は夢ではない。実際に見ている。そのとき、傍にそなたがいた」

「…………」

「直吉。いつまでもこんなことを言い合っていても仕方ない。そろそろ観念して、白状するのだ」

「なにをでしょうか」

「まだ、とぼけるのか」

剣一郎は語気を強め、

「そなたは、権蔵を『成田屋』に忍び込ませ、そして今戸の料理屋に誘った。なぜ、今戸だったのだ？」

「有名な料理屋がありますので」

「違う。寺が集まっているからだろう。弔いの一行を権蔵に見せるには都合のよい場所だからだ」

直吉は額に汗をかきはじめていた。

「そなたの役目はふたつあった。ひとつは示し合わせた場所に権蔵を連れて行くことだ。そして、計算どおり、権蔵に弔いの一行と遭遇させた。弔いの一行は権蔵の女房おたけに大家、その他、長屋の連中だ」

「………」

「そなたのもうひとつの役目。それは権蔵が弔いの一行に駆け寄らないように引き止めることだった。権蔵が一行に近づいたら芝居がばれてしまうからな」

直吉はうなだれていた。

「死相が出ていると言いだした行脚僧も誰かを雇ったのだろう。こうやって、長屋の者全員で権蔵を追い詰めて行ったのだ」

剣一郎は間を置いて、

「そなたが黙しているならそれでよい。これから、大番屋におたけと大家を呼び、事情をきくことにする。もう行ってよい」

「青柳さま」

いきなり直吉が口を開いた。

「みんなあっしが思いついてやったことなんです。おたけさんや大家さんはただわけがわからないまま、あっしの芝居に乗ってくれただけなんです」

「権蔵を殺すつもりだったのか」

「いえ」

直吉は大きく息を吐き、

「権蔵は酒癖が悪く、毎晩のように酔っぱらって帰ってきてはおたけさんを殴ったり蹴ったりしてました。おたけさんが壁にうちつけられ、床に叩きつけられるたびに長屋の建物が揺れました。このままじゃ、おたけさんは殺されてしまう。大家さんにも相談しましたが、大家さんもてあましていました。そんなとき、『成田屋』の怨霊騒ぎがあったんです。ちょうど権蔵をなんとかしなくては今にたいへんなことになる、と大家さんが深刻に悩んでいるときでした。私は『信州屋』の大内儀《おかみ》の話を大家さんや長屋の住人にも話し、同じ方法で権蔵をはめようということになったのです。決して殺すつもりはありませんでした。祟りの恐怖から行方を晦ましてくれることを期待したのです」

直吉は息継ぎをし、

「あとは青柳さまが仰るとおりでございます。ただ、今戸の料理屋で、さっきから権蔵さんの傍にいる若い女は誰なんだってききました。もちろん、誰もいません。でも、権蔵さんは薄気味悪がっていました。そういう伏線があって、弔いの一行を見たので相当効き目があったようでした」

直吉は一歩前に出て、

「権蔵さんを追い込んだことに間違いはありませんが、決して殺したりしていません。まさか、あんな形で死んでしまうとは想像もしていませんでした」

「もし、権蔵が逃げ出さなかったらどうした？」

「諦《あきら》めたと思います」

「力ずくで、川に突き落とすことは考えなかったのか」

「いくら酔っぱらっていても、力では敵《かな》いません。あくまでも、逃げてもらいたかったのです」

「そうか。わかった。よいか、今のこと、大家やおたけをはじめ、長屋の者に伝えておけ。逃げたり、よけいな隠しだてなどしてはならぬ。余計な真似《まね》をすると、最初から権蔵を呪いを利用して殺そうとしていたと見られかねぬ。このことを強く注意するように、わかったか」

「わかりました」

「よし、行ってよい。あとで沙汰《さた》する」

「へい」

直吉は悄然《しょうぜん》と去って行った。

「青柳さま。権蔵のことは『成田屋』の騒ぎとはまったく別だったんですね」

太助が驚いたように言う。

「そうだ。これで、あとは安吉だ。なぜ、安吉はあれほど怨霊を恐れたのか。それさえ、わかれば一気に真相に近づく」

「でも、行脚僧と易者の夢道はどうなんですか」

「夢道は匕首で刺されたのだ。行脚僧もなんらかの方法で死に追いやられたと思える。つまり、ふたりとも何者かに殺されたのだ」

「なぜ、殺されたのですかえ」

「行脚僧は『成田屋』で何かに気づいたのだ。おそらく、死者の叫びを聞いたのではないか。それで死体があることを知ったのだ」

「じゃあ、好太郎を殺し、死体を床下に隠した人間が？」

「そうだ。なんらかのきっかけで、下手人たちは行脚僧の動きを知ったのだろう。おそらく、夢道も同じだ。同じ連中に殺《や》られたのだ。だが、安吉は違う。誰かに殺されたわけではない。なぜ、安吉は屋根に女を見て動揺したのか」

その答えはひとつのような気がして、剣一郎は太助と別れ、茅町二丁目の棟《とう》梁《りょう》源五郎の普請場《ふしんば》に向かった。

陽《ひ》が落ち、辺りは暗くなっていた。普請場はだいぶ建物も出来上がっていた。紺木綿《こんもめん》の股引《ももひき》に腹掛け、丸に源の字の屋号が入った法被《はっぴ》姿の大工が後片付けをしていた。

剣一郎は棟梁の源五郎に近寄った。

「今、よいか」

「へい、どうぞ」

源五郎が顔を向けた。

「安吉のことだ。最近でなくともよい、安吉に何か変わったことはなかったか」

「こないだも同心の植村さまに同じことをきかれました。変わったことですかえ」

「そうだ。なんでもいい」

「さあ」

源五郎は首を傾《かし》げ、

「伊助」

と、呼びかけた。

伊助がやってきた。

「三年ほど前、安吉に何か変わったことはあったか」

源五郎がきく。

「三年……」

伊助は呟いて、

「あんとき、安吉兄い、ずいぶん羽振《はぶ》りがよかったな」

と、思い出して言う。

「金回りがよかったということか」

剣一郎は確かめる。

「そうです。あのころは確か、吉原《よしわら》にもよく行っていたようです」

「なに、安吉は吉原に出入りをしていたのか」

「ええ。あっしも一度、吉原に連れて行ってもらったことがあります。安吉兄いには馴染《なじ》みの妓《こ》がいましたから何度も通っていたんじゃないですか」

「安吉はどうしてそんなに金を持っていたんだ？」

「親方は聞いていませんか。叔母さんが亡くなって、その財産の分《わ》け前があったと言ってました」

「確かに、叔母がいたが、そんな裕福《ゆうふく》ではなかったはずだ」

源五郎はまたも首をひねった。

安吉は今回の事件に何らかの形で関わっているのだ。

「伊助」

剣一郎は伊助に声をかける。

「へい」

「白地に朝顔の花をあしらった単衣《ひとえ》の若い女に声をかけられたときのことだが、女はそなたと安吉のどちらに声をかけたのだ？」

「安吉兄いです。ほとんど、安吉兄いが話していました」

「人通りは絶えていたと思うが、そなたたちの前に何人か通らなかったか」

「そういえば、私らの前にふたりの男が歩いていたようでした」

「女はその者たちには声をかけなかったようだな」

「そうですね」

伊助は思い出して言う。

「伊助。すまぬがそっと見てもらいたい女がいる。半日ばかり、時間をくれぬか」

剣一郎は源五郎にも頼む。

「へえ、よございますとも。伊助、青柳さまのお役に立つように」

「へい」

伊助は張り切って返事をした。

その結果によって一気に核心に近づくはずと、剣一郎は勇《いさ》み立った。

第四章　恩返し

一

翌日の朝、剣一郎は大工の伊助を伴い、隅田村の木母寺近くにある『成田屋』の寮に向かった。

柔らかくも力強い陽《ひ》の光。野草も丈が伸び、木々の緑も艶を増し、青葉を揺らす風や白い雲など、あらゆるものが生気に満ちている。『成田屋』の寮の近くにある柳の葉も青々としていた。

庭へ回り、好兵衛が臥《ふ》せっている部屋に行くと、番頭の新助が見舞いに来ていた。

剣一郎は庭先に立った。新助が顔を向け、会釈《えしやく》をした。引き締まった顔だ。がっしりして、鍛《きた》えた体つきをしている。

新助のことで、ある考えを持っていたが、あの体つきでは違うと思った。

「いらっしゃいませ」

おこうはつんとした表情で縁側に出てきた。

「新助が来ているな」

剣一郎は腰から刀をはずして縁側に腰を下ろした。

「はい。兄のことで、新助にいろいろ世話になりました」

「好太郎がなぜ、『成田屋』に戻ってきたのか、思い当たることはあるか」

「いえ、わかりません」

おこうはあっさり答える。

「なぜ、誰に殺されたのかは？」

「さあ」

おこうは首を横に振った。

おこうはさっきから傍《そば》に控えている紺木綿《こんもめん》の股引《ももひき》に腹掛《はらが》けの男が気になるのか、ときたまちらっと伊助を見た。

「これから『成田屋』をどうするつもりだ？」

剣一郎は声をかける。

「おとっつぁんは兄さんに再興してもらうつもりだったのです。その夢がついえたのですから……」

「再興を諦《あきら》めたと？」

「ええ」

「なぜだ？」

「ですから兄はもういないのです」

「そなたがいるではないか。なぜ、そなたが再興しようとしないのだ？」

「私ひとりでは無理です」

そのとき、咳《せき》払いが聞こえた。伊助だ。

「伊助、だいじょうぶか」

剣一郎は伊助に顔を向けた。

「へい。だいじょうぶです」

「そうか、だいじょうぶか」

剣一郎は念をおした。

「だいじょうぶです」

伊助はもう一度言う。

もし、あのときのおふみと名乗った女かもしれないと思ったら、だいじょうぶと答えるように手筈《てはず》を整えていた。

伊助はおこうを、おふみと名乗って『成田屋』に入っていった女だと認めたのだ。二度もだいじょうぶだと言ったのは、よほど自信があるからのようだ。

「舟のところで待っていてよい」

「わかりました。そうさせていただきます」

最初から決めていたことだ。

伊助が去って、剣一郎はおこうに顔を戻した。

「すまなかった」

「あのひとは？」

おこうが眉根《まゆね》を寄せてきいた。

「死んだ安吉といっしょにいた大工だ」

「…………」

「会ったことはあるか」

「いえ」

おこうは首を横に振る。

「わしはなぜ、安吉が屋根から落ちたのか不思議でならないのだ。よほど何か心に疚《やま》しいことがあったのであろう。それが何かわからない」

剣一郎は疑問を口にする。

「他人さまのことを私に言われましても」

おこうは困惑したように言い、

「青柳さま。『成田屋』に現われたおふみさんの霊は、兄に呼ばれて会いに行ったんです。もし、おふみさんが兄に殺されていたら、霊になってわざわざ憎《にく》い兄に会いに行くはずありません。おふみさんを殺したのは兄ではない証《あかし》ではありませんか」

「ほんもののおふみの霊ならばな」

「…………」

「そなたが、おふみ殺しの下手人は好太郎ではないと考える根拠はなんだ？」

「ふたりは好き合っていたからです。兄は身分など関係なく、女中であろうが、所帯《しょたい》を持つつもりだったのです。おふみさんもほんとうに仕合わせそうでした。そんな兄がおふみさんを殺すはずありません」

おこうはきっぱりと言った。

「では、おふみを殺したのは誰だ？」

「わかりません」

「事件があった当時、『成田屋』には叔父の光右衛門がいた。光右衛門が何か知っているとは考えられないか」

「さあ」

「このことで、光右衛門を問い質《ただ》したりはしてないのか」

「事情を知らないかとききましたが、何も知らないと言っていました」

「それを素直に信じているのか。兄も殺されていたのだぞ」

「それ以上はどうしようもありませんから」

「今回の怨霊《おんりょう》騒ぎをどう見ている？」

「私にはわかりません」

おこうは肝心《かんじん》なことには口を閉ざす。

「あのおふみの霊によって、『成田屋』に世間の目が集まった。その結果、好太郎の亡骸《なきがら》の発見につながったのだ。それが狙いだったように思える」

「…………」

おこうから返事がない。

「新助。そなたはどこに住んでいるのだ？」

剣一郎が声をかけると、新助ははっとして、

「へえ。橋場でございます」

と、廊下に出てきて答えた。

「橋場か。すると橋場の渡しを使えば、ここまでそれほど遠くはないな」

「はい」

「そなたは、好太郎を殺した下手人に心当たりはないか」

「いえ、私風情《ふぜい》にそのようなことがわかるはずはありません」

おこうも新助も、好太郎を殺した下手人を知ろうという熱意に欠ける。ふつうだったら、奉行所に探索を願うだろう。

なぜ、それをしないのか。おこうはおふみ殺しの件で好太郎を下手人にした奉行所に不信感を抱いている。だから、言っても無駄だと思っているのか。

いや、そうではない。ふたりは下手人に心当たりがあるのではないか。知っているならなぜ、下手人の名を奉行所に告げないのか。

好兵衛《せ》が呟き込んだ。

「失礼します」

おこうは部屋に戻った。

おこうが背中をさすってやると、しばらくして少し落ち着いてきたが、まだ苦しそうだった。

「医者はなんと言っているのだ？」

剣一郎は縁側に残っている新助にきいた。

「肺をやられているそうです」

「どこの医者だ？」

「橋場から来るようです」

「名は？」

「私は知りません」

何か隠しているように思えてならなかった。が、追及しても正直に答えないだろう。

「わしは引きあげることにする。邪魔をした。おこうに知らせぬでもいい」

剣一郎は寮をあとにした。

船着場に戻ると、桟橋で伊助が待っていた。

「ごくろうだった。で、おふみと名乗った女に間違いないか」

「間違いありません。耳の下の黒子《ほくろ》を見て思い出しました。あのときの女にも耳の下に黒子がありました。それと声がそっくりでした」

乗り込むと、すぐに船頭は棹《さお》を使って舟を出した。

大川の真ん中に出て、

「青柳さま。おふみの霊ではなかったんですね」

と、伊助がまだ何か不審そうな顔をしていた。

「そうだ。おこうだ」

「じゃあ、どうしておこうは『成田屋』に入ったきり消えてしまったんですかえ。安吉兄いは潜《くぐ》り戸に心張《しんば》り棒がかってあったって言ってました」

「もうひとりいたのだ」

おふみの霊に化けて安吉と伊助に声をかけたのはおこうに違いない。だが、おこうに屋根に上がる身の軽さがあるとは思えない。

「もうひとりが、若い女を中に引き入れ、そしてそなたたちが入ってきたのを見計らって、若い女を潜り戸から外に出し、心張り棒をかったのだ」

「でも、誰もいなかったって安吉兄いは言ってました」

「もうひとりは屋根に隠れた」

「屋根？　あっ」

伊助は叫んで、

「あのとき、安吉兄いは屋根の上に女を見たと言ってました。その女が仲間だってことですか」

「おそらくな。『成田屋』に入ったあと、おこうは上に羽織っていた朝顔柄の単衣《ひとえ》を脱ぎ、仲間に渡した。仲間はその単衣を羽織って屋根に現われたのだろう」

「まだあります。兄貴が見つけた簪《かんざし》は？　猫が寄ってきたのは……？」

「似たような簪を作らせたのかもしれない。猫は、またたびで呼び寄せられる」

「じゃあ、安吉兄いがあんな死に方をしたのは、怨霊だと勝手に思い込んでですか。そんなばかなことが……」

「そうだ。安吉には怨霊だと信じる下地があったのだ。心に疚しいことがあったのではないか」

「疚しい……」

「安吉は三年ほど前、金回りがよかったそうだな。そのことと関わりがありそうだ」

「兄貴は何か悪いことでも……」

伊助は声が続かなかった。

「ところで、安吉は『成田屋』と関わりがあったのか」

「そういえば……」

伊助ははっと気づいたように、

「三年ほど前、何かの修繕《しゅうぜん》で兄貴は『成田屋』に何日間か通っていたことがありました」

「『成田屋』に通っていた？」

「はい。台所の壁の修繕だったと思います」

「ひとりでか」

「はい。その程度の仕事だったと思います」

剣一郎はそこに何か安吉の秘密が隠されているような気がした。

柳橋で舟を下り、伊助と別れて、剣一郎は須田町にある『大駒屋』に行った。

客間で、光右衛門と向かい合った。

「好太郎が殺された理由に心当たりはないか」

剣一郎はきく。

「『成田屋』が商売をやめ、私どもが引き払ったあとの誰もいない家に好太郎は戻ってきて殺されたのです。想像でしかありませんが、そのころ、不逞《ふてい》の輩《やから》があの旅籠《はたご》をねぐらにしていたのではないでしょうか。その輩の秘密を知ってしまって殺されたのかもしれません」

「好太郎がおふみを殺したと思うか」

「おふみの亡骸が見つかった日、好太郎は千住宿を過ぎていたのです。店の金を十両持って逃げて。好太郎がおふみを殺したと考えるのがふつうではありませんか」

「その好太郎がなぜ江戸に舞い戻ったのか」

「ですから、金がなくなって戻ったのではないでしょうか。いずれにしろ、何かを取りに戻ったのです」

光右衛門は自信たっぷりに言う。

「ところで、ここに下川軍兵衛という浪人と三人の遊び人ふうの男がいるな」

「はい。こういう商売ですと、ときにはとんでもない客人もおります。そういうときのために三人を雇《やと》っています」

「下川軍兵衛は最近だそうだが」

「はい。やはり、お侍《さむらい》さんがいないと安心出来ませんので」

「ところで、先日の夜、この四人が『成田屋』に侵入し、居合わせたわしに襲いかかってきた」

「では、青柳さまでございましたか。じつは、『成田屋』に怪しい侍がいたと聞きました。盗人《ぬすっと》と勘違いしたようでございます」

「違うな。わしがいるのに気づかず入ってきた。あそこで何かをしようとしていたのだ。そなたの命令で忍び込んだのであろう」

「いえ、あの者たちが勝手にやったことでして」

「主人の意に沿わぬことをする連中なのか」

「噂《うわさ》の幽霊屋敷に興味を覚えたのでございましょう」

「いや、あの者たちは何度か忍び込んでいる。そこで、あの者たちから事情を訊《き》きたい」

光右衛門は顔色を変えた。

「何をでしょうか」

「『成田屋』に入った行脚僧《あんぎゃそう》と大道易者《だいどうえきしゃ》の夢道が殺された件だ」

「なぜでございますか」

「たびたび忍び込んでいるなら、わしのときのように行脚僧と大道易者とも『成田屋』で出会っているかもしれぬ。そこで揉《も》め事になったか……」

「青柳さま。あの者たちは決してそのようなことに関わっておりませぬ」

「そうか。まあ、いいだろう」

剣一郎はそれ以上の追及を控え、

「ところで、好太郎が死んだ今、おこうは『成田屋』の存続は無理だと考えているようだが、そなたはどうなのだ?」

「人殺しの好太郎に『成田屋』の再興を託すこと自体、はじめからあり得ない話だったのです。このまま、『成田屋』を人手に渡すしかないでしょう」

「そなたが買い取って『成田屋』を再興させる気は?」

「私が買い取ったら、名前を変えます。『成田屋』の看板が再び上がることはありえません」

「なるほど。そなたには『成田屋』に何ら未練はないということだな」

「それだけでなく、女中殺しの旅籠に泊まる客はおりますまい」

「おこうは、女中を殺したのは好太郎ではないと訴えているが?」

「妹ですから、そう信じたい気持ちはよくわかりますよ。でも、しかと現実を見つめなければなりません」

光右衛門は頰《ほお》を歪《ゆが》めて言う。

「ところで、大工の安吉のことだが」

剣一郎は話題を移した。

「三年ほど前、安吉は修繕のために『成田屋』に出入りをしていたそうだな。そなたが好太郎の後見となって『成田屋』にいたころだ」

「そう言われてみればそうかもしれません」

「そのころ、安吉は羽振《はぶ》りがよかったらしい。ひょっとして、『成田屋』の仕事で実入りがよかったのではないか」

「とんでもない。世間並みの大工の手間賃しか渡していません。単なる、台所の壁の修繕でしたから」

「よく覚えているな」

「あのころは『成田屋』の面倒を見ていましたから。そのくらいのことは覚えていますよ」

光右衛門は少しむきになって言った。

「今回、その安吉が奇妙な死に方をしている。なぜ、安吉は亡霊を見たのか」

剣一郎が光右衛門に問い掛けるように、

「死の間際《まぎわ》、屋根に女が、と言ったそうだ。『成田屋』の屋根だろう。屋根に女がいた程度で、大工が普請場《ふしんば》で足を踏み外すとは考えられない。だが、安吉はよほど恐ろしかったのだ」

「青柳さま、申し訳ありません。大工の安吉のことは同情はしますが、あくまでも他人のことですので」

「しかし、安吉は『成田屋』に関わる何かを知っていて、怨霊だと錯覚したのだ。決して、そなたと無関係ということにはならぬと思うが」

「だとしても、私とは関係ありません。あるとすれば、好太郎との縁でしょう」

光右衛門は平然と言う。

光右衛門は好太郎の亡骸が床下に隠されていたのを知っていたような気がしてならない。

いや、亡骸を『成田屋』の床下に隠せるのは光右衛門しかいない。それはすなわち、好太郎殺しの下手人は光右衛門ということになる。

おこうはそう思っているに違いない。そして、そのことを奉行所に訴えないのは自分たちで復讐《ふくしゅう》を考えているからではないか。

剣一郎は思わず虚空《こくう》を睨《にら》み付けていた。

二

その夜、八丁堀の屋敷に京之進を呼んだ。太助も傍《かたわ》らに控えている中で、剣一郎は自分の考えを話した。

「おこうは最近になって、兄好太郎が殺され、『成田屋』の床下に埋められているのではないかという疑いを抱くようになった。下手人として疑惑を向けたのは叔父の光右衛門だ。だが、証があるわけではない。そこで、怨霊騒ぎを起こし、『成田屋』に世間の注目を集めさせ、亡骸を見つけようとしたのだ」

「おこうは、なぜ我らに訴えなかったのでしょうか」

「幾つか理由が考えられる。まず、証がないこと。次に、好太郎をおふみ殺しの下手人にした奉行所に不信を抱いていること。そして、おこうが騒ぎ立てると、好太郎やおふみと同様、消されるかもしれないこと。しかし、これらは真の理由ではない」

「真の理由とは？」

京之進は前のめりになってきく。

「復讐だ。おこうは番頭だった新助とともに光右衛門に復讐をしようとしているのだ」

「ふたりで？」

「もうひとりいる。白い単衣をまとって『成田屋』の屋根に上がれる身の軽い者だ。女か、細身の男」

「何者でしょうか」

「わしも姿を見たが、素早い動きや身の軽さはただ者とは思えない。最初は、軽《かる》業師《わざし》かと思ったが、廊下から天井に飛び移り、屋根に出る。はたまた、隙《すき》を窺《うかが》って庭に出る。ひとの気配を感じ取っての機敏な動きが、果たして軽業師に出来るか」

「もしや、屋敷に忍び込むことを専門にしている盗人……」

「そうだ。豪商の屋敷や富裕な武家屋敷を専門に狙う盗人について調べてもらいたい」

「わかりました」

「ただ、どうして光右衛門が好太郎とおふみを殺さねばならなかったのか、そのわけがわからぬ。光右衛門は好太郎の後見だったのだ。その後見である光右衛門がなぜ……」

剣一郎はふと思いつき、

「あの当時、好兵衛の『成田屋』と光右衛門の『大駒屋』は共に商売は順調だったのか」

と、きいた。

「商売ですか」

「もし、そこに差がついていたとしたら……」

「青柳さま」

京之進が思い出したように、

「『成田屋』は客の評判もよく、かなり繁盛《はんじょう》していましたが、光右衛門の『大駒屋』は客が来なかったようです。ひょっとして、光右衛門は『成田屋』を乗っ取ろうとしたのではないでしょうか」

「考えられる」

「五年前、『成田屋』を立て続けに不幸が襲いました。女将《おかみ》が亡くなり、主人の好兵衛も倒れた。その機に乗じて、『成田屋』を乗っ取ろうとしたのでは」

「うむ」

「好太郎の後見として『成田屋』に入り込み、好太郎におふみ殺しの疑いをかけて江戸から追い出した。ところが、『成田屋』に客が入らなくなった。光右衛門は勘違いしていたのです。『成田屋』が繁盛していたのは立地がよかっただけではなく、好兵衛夫婦の人柄が客の心を摑《つか》んでいたからです。そのことに気づかず……」

頷《うなず》いたあと、剣一郎ははっとした。

「女将が亡くなったのはどうしてか。好兵衛も急に病になった。それで、好兵衛の弟が乗り込んできたのだ。そして、今度は伜《せがれ》の好太郎が行方知れずになった。もしや、これらが一続きのものだとしたら……」

「好兵衛夫婦が倒れたときの様子を調べてみますが、おこうか新助から話を聞けないでしょうか」

京之進がきいた。

「無理だ。我らが乗り出すことは、自分たちの復讐の妨《さまた》げになるとしか思っていない」

「そうですね」

「あの当時の『成田屋』の女中を誰か知らぬか。おふみの朋輩《ほうばい》だ。何か手掛かりが摑めるやもしれぬ」

「おたきという女が確か、蔵前の札差《ふださし》『高城屋《たかしろや》』の女中として引き取られたはずです」

「札差の『高城屋』だな。よし、会ってみよう」

剣一郎は言ってから、

「千住宿を通った好太郎を見ていたのは誰なんだ？」

「千住掃部《かもん》宿で『はち屋《や》』という荒物屋をやっている八助《やすけ》という男です。以前、『大駒屋』で働いていたそうです」

「『成田屋』ではなく、『大駒屋』の者だったのか」

「ええ。なんでも、光右衛門と意見が合わず、喧嘩《けんか》するような形で『大駒屋』をやめたようです。好兵衛が『成田屋』に引き取ろうとしたそうですが、光右衛門が口をはさみ、やめざるを得なくなったといいます」

「それで、好太郎のことも知っていたというわけか」

「はい。それで、向こうから知らせてくれたのです」

「なに、八助が知らせに？」

「そうです」

「こちらの聞込みでわかったのではなく、八助からか」

剣一郎はなんとなく引っかかった。だが、八助は光右衛門との関係はよくないようだ。八助が光右衛門に手を貸して嘘《うそ》をつくようには思えなかった。

剣一郎は京之進から太助に顔を移し、

「太助」

と、呼んだ。

「へい」

太助は少し膝《ひざ》を進めた。

「『大駒屋』を見張るのだ。光右衛門や浪人たちの動きから目を離すな」

「わかりました」

剣一郎の役に立つことがうれしくてならないのだろう。太助の弾《はず》んだ声がそのことを物語っていた。

「あとは、安吉が『成田屋』にどのように関与しているかわかれば、残された謎《なぞ》はいっきに解明できるはずだ」

剣一郎は安吉が怨霊にとり憑《つ》かれた原因を考えた。やはり、好太郎かおふみ殺しに何らかの形で関わっているとしか考えられない。

どのような関わり方か。

京之進が引き上げたあとで、剣一郎は太助に、

「最近、本業のほうが疎《おろそ》かになっていよう。これを持て」

と言い、懐紙《かいし》に包んだものを差しだした。

「これは？」

「暮らしの足しにしてもらいたい」

「いりません」

太助は押し返した。

「なぜだ？」

「あっしはお金が欲しくてやっているのではありません」

「わかっている。だが、探索には軍資金が必要だ」

「それは自分で工面《くめん》します」

「そなたの働きはわしにとって大きい。その報酬だ。当然、受け取っていいものだ」

「いただけませぬ」

太助は頑《かたく》なだった。

「こんなものをもらったら、あっしの青柳さまに対する思いが汚されてしまいます」

「大仰《おおぎょう》な」

剣一郎は苦笑し、

「そなたの前に働いてくれた文七だって受け取ったのだ。遠慮はいらぬ」

「遠慮などしていません」

「強情《ごうじょう》だな」

「青柳さまこそ」

太助が逆襲した。

「なに、わしが強情とな」

「はい。強情です」

今の剣一郎にここまで臆《おく》することなく言い返す者はまずいない。不思議なことに、剣一郎は新鮮な感じがした。

「こうなったら、どっちの強情が勝るか、我慢比べだ」

剣一郎は言い返す。

「望むところです。負けはしません」

太助はいきなりあぐらをかいてでんと座った。

その姿を見て、剣一郎は思わず笑みが漏《も》れそうになった。

「太助。わしの負けだ」

剣一郎は降参した。

「ほんとうですかえ」

「ほんとうだ」

太助は居住まいを正し、

「じゃあ、そいつを引っ込めていただけますね」

「引っ込めよう」

そこに襖《ふすま》が開いて、多恵が入ってきた。

「なんだか楽しそうですね」

「へえ、まあ」

太助は苦笑した。

「太助さん」

多恵が風呂敷包を置き、

「これ、うちのひとのお古ですけど、もしよければ太助さんに着ていただけないかと思って」

と、結び目を解いた。

剣一郎がほとんど着ていないものに混じって新しい着物もあった。着物を一枚一枚見ていって、やがて太助は着物に手を触れたまま、じっと俯《うつむ》いた。

「太助、どうした？」

剣一郎は声をかける。

「ちょっと目にゴミが」

太助がこんなに涙もろいと思わなかった。

多恵が慈《いつく》しむような眼差《まなざ》しを太助に向けていた。


翌日、剣一郎は森田町《もりたちょう》にある札差『高城屋』を訪ね、主人に事情を話し、勝手口で女中のおたきと会うことが出来た。

おたきは二十半《なか》ばぐらいの丸顔のおとなしそうな女で、緊張した面持《おもも》ちで剣一郎の問い掛けに答えた。

「主人夫婦が倒れる前のころだ。『成田屋』で変わったことはなかったか。なんでもいい。ふだんと違った何かだ」

「さあ、特にありませんでした」

おたきは答える。

「そのころも、『大駒屋』の光右衛門は訪ねてきていたのか」

「はい。ときたま来ていました」

「ときたまというと?」

「十日に一遍《いっぺん》ぐらいです」

「なにをしに来ていたのだ?」

「さあ、私にはわかりません」

「そうだな」

「ただ、いつもお薬を持ってきていました」

「薬?」

剣一郎は聞き咎《とが》めた。

「薬とはなんだ。誰かに呑《の》ますためか」

「はい。滋養《じよう》の薬で、旦那《だんな》さまと女将さんが呑んでいました」

「光右衛門がふたりに薬を呑ませていたのだな」

剣一郎は確かめる。

「そうです」

「ふたりの容体《ようだい》が悪くなったのはそのころか」

「そうだと思います」

薬か、と剣一郎は呟《つぶや》いたが、脳裏《のうり》には別のものが浮かんでいた。

「女将が亡くなり、主人が病気で倒れたあと、光右衛門が好太郎の後見として乗り込んできたな」

「はい」

「そのころは何か変わったことはあったのか」

「なんとなく、光右衛門の旦那と好太郎さんの間がよそよそしく感じられていました」

「それはなぜか。商売のやり方のことで意見が合わなかったからか」

「そうかもしれません」

「言い合うようなことはなかったのか」

「ときたま、好太郎さんの怒鳴《どな》り声がしていました」

「好太郎とおふみの仲はみんな知っていたんだな」

「はい。おふみちゃんはみんなにうらやましがられていました。だから、あんなことになるなんて信じられませんでした」

おたきは表情を曇《くも》らせた。

「好太郎がおふみを殺したと思っているか」

「そんなはずないと思います。でも、光右衛門の旦那がそう言っていましたので、わからなくなりました」

「光右衛門は何と言っていたのだ?」

「好太郎は他に好きな女子が出来て、おふみに別れ話を持ちだした。おふみが言うことをきかなかったので殺したと……」

「おふみから、そのような話を聞いたか」

「いえ。聞いていません」

「好太郎はおふみを殺したあと、十両持って逃げたという。これについてどう思う?」

「信じられません。だって、ふたりはほんとうに好き合っていたんです」

「だが、おふみ殺しは好太郎ということになってしまった。なぜだ?」

「千住宿を逃げて行く姿を見ていたひとがいたんです」

「それは誰だ？」

「『大駒屋』の光三郎さんです」

「『大駒屋』の光三郎？　光右衛門の伜か。千住宿にある荒物屋の主人ではないのか」

京之進からはそう聞いていた。

「私たちは、光右衛門の旦那から伜の光三郎が旅装で急いで去っていく好太郎を見たと聞きました」

「そうか」

剣一郎は最後に、

「大工の安吉という男が修繕のためにしばらく『成田屋』に出入りをしていたようだが、覚えているか」

「ええ、覚えています」

「そうか。そのとき、何か変わったことはなかったか」

「いえ」

「なんでもいい。好太郎と仲がよかったとか悪かったとか。おふみに気があったようだとか、そういうことでもなんでもいい」

「そういうことはありませんでした」

「ないか」

「はい、でも」

おたきはくすりと笑った。

「何かあったのか」

「安吉さん、背格好が好太郎さんとそっくりなんです」

「背格好が……」

「はい。顔は似ていないのですけど、後ろ姿はそっくりでした。それで、私も間違えたことがありました」

「そんなに似ていたのか」

「はい。好太郎さんが大工の格好しているのかと思って、安吉さんに若旦那って声をかけたことがあります」

「そうか、よいことを知らせてくれた」

剣一郎はふと思い出して、

「番頭の新助もふたりが似ていることを知っていただろうな」

「はい。知っていたはずです」

剣一郎はようやく明かりが見えてきたのを悟った。

三

おたきと別れた足で、剣一郎は千住に向かった。

千住大橋を渡って千住掃部宿にやってきた。旅籠と旅籠の間に小商いの店がいくつか並んでいる。

その中に、『はち屋』という荒物屋が見つかった。

店先に立つ。軒《のき》下に草鞋《わらじ》がつり下げてあった。

「邪魔をする」

剣一郎は編笠《あみがさ》をとって店番の男に声をかけた。三十半ばと思える男が立ち上がった。

「八助か」

「へい」

八助は頭を下げる。

「わしは南町の……」

「青柳さまで」

「うむ。ちときさたい」

「へい」

「三年ほど前、茅町一丁目の『成田屋』の好太郎を見たというのはそなただな」

「さようで」

「ここから見たのか」

「そうです」

「しかし、目の前は、今もそうだが旅人や飯盛女《めしもりおんな》目当ての客などでひとの行き来が多い。そんな中で、よく好太郎に気づいたな」

「はい。『大駒屋』の光三郎さんが先に気づいたのです」

「『大駒屋』の光三郎がそのときいっしょにいたのか」

「はい。千住宿に遊びに来た帰りに私を思い出して寄ってくれたのです」

「そなたは光右衛門とはうまくいっていなかったそうだが」

「そのとおりです。『大駒屋』で働いていましたが、金のあるなしで客を露骨《ろこつ》に差別するあの旦那のやり方に嫌気《いやけ》が差してやめました。『成田屋』に拾《ひろ》っていただいたんですが、またすぐに横やりを入れられて。でも、若旦那の光三郎さんとは仲違《たが》いしたわけではありませんので」

　八助は説明をして、

「それでこの店先で立ち話をしているとき、いきなり光三郎さんが往来を指さして、好太郎じゃないかって。それで、私も目をやると、確かに好太郎さんでした。光三郎さんが、好太郎と声をかけたんです。そしたら、こっちをちらっと見て、いきなり駆けだして」

「顔を見たのか」

「いえ。顔はよく見ていません。でも、後ろ姿でわかりました」

「もし、光三郎から、好太郎じゃないかと聞いてなかったとしたらどうだ？　それでも後ろ姿を見て、好太郎だとわかったか」

「………」

　八助は戸惑い顔になったが、

「でも、光三郎さんが声をかけたらいきなり駆けだしたんです。あとで、女中を殺して逃げたと聞いて、好太郎さんの態度に合点《がてん》がいったのです」

「それで奉行所に告げたのか」

「光三郎さんに言われて届けました」

「光三郎に言われて?」

「ええ。また光三郎さんがやって来て、好太郎を見たことを奉行所に申し出てくれないかと。千住宿に遊びに来ているのを親に知られたくないのでと言うので」

「それでそなたがひとりで見たことにしたのか」

「はい」

八助は不安そうな顔になって、

「何かいけなかったのでしょうか」

と、きいた。

「いや、そうではない」

剣一郎は言ってから、

「先日、好太郎の白骨化した亡骸が見つかったことを知っているか」

「ええ、驚きました。まさか、好太郎さんが帰っていようとは思いもしませんでした」

「そなたが見た好太郎はほんとうの好太郎かどうか。そなたは顔を見たわけではない」

「でも、さっきも言いましたように」

「待て。もし、好太郎に背格好が似ている男が好太郎の振りをして、そなたの目の前を通ったとしたらどうだ？」

「まさか」

八助は口をわななかせ、

「あのとき、光三郎が言わなければ、そなたは好太郎に気づかなかったはずだ」

「仰《おつしや》るとおりです。光三郎さんが好太郎だと言うし、背格好が似ているのであっさり思い込んでしまいました。今から考えれば、ほんとうに好太郎さんだったか……」

「その後、光三郎はやって来たか」

「いえ」

「そうであろう」

「じゃあ、光三郎さんは、あっしに好太郎さんが旅立ったと言わせるためにここに来ただけなので」

八助は愕然としたように言う。

「そうではないかと思っている」

「そんな……」

「そなたは騙《だま》されただけだ。気にするな。邪魔したな」

剣一郎は八助と別れ、帰りを急いだ。

陽《ひ》が傾き、今にも沈みそうだった。小塚原《こづかっぱら》を過ぎ、山谷町に入ったとき、ふと思い付いて橋場に足を向けた。

橋場町の自身番《じしんばん》に顔を出し、医者のことをきいた。

「橋場の渡し場の近くに、林田白朴《はやしだはくぼく》というお医者さんがおります。なかなかの名医と評判でございます」

自身番に詰めていた家主が教えてくれた。

「渡しで、向島のほうにも行っているようです」

「かたじけない」

詳しい場所をきき、剣一郎は林田白朴のところに向かった。

林田白朴の家はすぐわかった。

戸を開け、

「ごめん」

と、声をかける。

顔の長い若い男が出てきた。助手のようだ。

「白朴どのはいらっしゃるか。私は南町与力の青柳剣一郎と申す」

「青痣……」

男ははっと口を押さえた。

「よい」

「ただいま」

先生と、男は奥に向かった。

十徳《じっとく》を着た年配の医者が出てきた。

「白朴です」

白朴は上がり框《かまち》にまでやって来た。

「何か御用でございましょうか」

白朴は傲岸《ごうがん》な態度で言う。

「ひとつだけ教えてもらいたいことがある」

「なんでございましょうか」

白朴は面倒くさそうな顔をした。

「『成田屋』の寮に往診をしているな」

「はい」

「好兵衛の病状を知りたい」

「困ります。いくら青柳さまのお言葉とはいえ、患者の秘密を話すことは差し控えさせていただきたいと思います」

冷たく突き放すような言い方だ。

「そうか。では、わしの問いに答えてもらいたい」

「答えられることでしたら」

白朴は警戒ぎみに言う。

「まず、そなたはいつから好兵衛を診《み》ている?」

「向島の寮に移られてからです」

「好兵衛が倒れる前に、妻女が急死しているのを知っているな」

「はい。伺《うかが》っております」

「そのときの様子はきいているか」

「心ノ臓がいけなかったとか」

「同じ時期に好兵衛が倒れた。好兵衛と妻女は同じ病だと思わぬか」

「さあ、私はご妻女を診ていませんので」

「診ていなくとも、同じころに発症し、ひとりは死に至り、ひとりは寝込むほどになった。ならば、原因は同じだとは思わぬか」

「さあ、いかがでしょうか」

「医者として、そこまでする必要はないということか」

「私は好兵衛どのの病気を診るだけでございます」

「では、はっきりきこう。好兵衛に毒を呑まされていた形跡はあるか。皮膚が変色したりしていないか」

「お答えしかねます」

「わしがきいているのは、毒を呑まされた形跡があるかどうかだ。それさえも答えられないのはなぜだ？」

「患者の許しがなければお話し出来ません」

「まだ、意味がわかっていないようだな。好兵衛は毒を呑まされていたのかもしれぬと言っているのだ。つまり、殺しが行なわれたということだ。そなたが答えないのは、その殺しを隠し立てしようとする意図があると考えてよいか」

「とんでもない」

　白朴はあわてて、

「それは言いがかりというものでございます」

「では、毒を呑まされていたかどうかわからないということか。それとも毒は呑んでいないのか」

「………………」

「答えられぬか。わかった。もう、よい」

剣一郎は引き下がった。が、すぐ続けた。

「今話したように、好兵衛は毒を呑まされた疑いがある。明日、奉行所が医者を派遣し、好兵衛の体を調べる。よいな」

「………………」

「邪魔をした」

剣一郎は踵《きびす》を返した。

「お待ちください」

白朴が叫ぶように言った。

剣一郎は戸に手をかけたまま振り返った。

「なんだ?」

「お話しいたします」

「何を話すのだ？」

「好兵衛どのの症状です」

　剣一郎は引き返した。

「話してもらおうか」

「はい。好兵衛どのは肺を冒《おか》され、手足の動きも麻痺《まひ》し、皮膚に斑点が見られました。原因はわかりませんでしたが、おこうどのから砒霜《ひそう》の毒ではないかと言われ、その目で見ると確かに砒霜の毒のようでもありました。それで、今は解毒の治療を続けて、わずかではありますが、病状が改善していると思われます」

「そうか。よくお話しくだされた」

　剣一郎は言ってから、

「ひょっとして、おこうから口止めされていたのではないか」

　と、きいた。

「恐れ入ります」

　白朴はあっさり認めた。

「やはり、そうか」

「父の容体をききに青柳さまが私を訪ねてくるかもしれない。でも、病状は一切話さないでくれと、おこうどのが頼むのです。毒を誤って呑み続けてしまったのは父の責任だからという理由で」

「そうか。おこうが隠したがったのか」

「申し訳ございません」

「いや、わかった。毒のことをわしに話したと、おこうに言わずともよい。よいな」

剣一郎は重たい気持ちで白朴の家を出た。

川っぷちを今戸のほうに向かう。おこうは自分たちで始末をつけようとしている。本気で復讐を考えているのだ。

光右衛門は『成田屋』の乗っ取りを図り、好兵衛夫婦に滋養《じよう》の薬と偽り、砒霜の毒を与え続けた。もともと体の弱かった妻女は亡くなり、好兵衛は寝たきりになった。その後、好太郎の後見となって『成田屋』に入り込み、好太郎を始末する機会を狙っていた。だが、好太郎にはおふみという許嫁《いいなずけ》がいた。それで、ふたりとも殺し、好太郎がおふみを殺して行方を晦《くら》ましたように偽装した。

おそらく、このことをおこうは気づいたのだ。そのことを確かめるためには好太郎の亡骸を見つけるしかない。幽霊騒ぎには、夜中に『成田屋』で明かりを見たとか、物音がしたという噂があった。あれはおこうや新助が好太郎を捜していたのだ。だが、自分たちだけでは無理だと悟ったのではないか。さらに、安吉に狙いを定め、好太郎になりすましたことを問い詰めようとした。

それがあの幽霊騒ぎだ。その結果、安吉は罪におののき、好太郎の亡骸も見つかった。

これで、光右衛門の悪事に確信を持った。いよいよ復讐にかかる段階に突入したのだ。

しかし、手を汚したら牢屋敷送りになる。そして待っているのは死罪、よくて遠島《えんとう》だ。そんなことをさせてはならない、と剣一郎は思った。

もちろん、実行にはおこうは加わらないだろう。女の手に負える相手ではない。新助ともうひとりの仲間がおこうとともに行動を起こすのであろう。だが、おこうも共犯だ。仮に復讐がなったとしても、無実というわけにはいかない。

すでに辺《あた》りは薄暗くなっていた。打ち寄せる波音がしている。川っぷちの道に人通りはなかった。

剣一郎は微《かす》かに迫ってくる殺気を感じた。背後に地を蹴る音。剣一郎は身を翻《ひるがえ》して伸びてきた刃を避けた。

黒い影が剣一郎の脇をすり抜け、五間（約九メートル）先で立ちどまり振り向いた。再び、匕首《あいくち》を構え突進してきた。

剣一郎に迫ったとき、突如、賊は跳躍《ちょうやく》した。剣一郎の顔面目掛けて足が襲ってきた。剣一郎はその足首を手で払った。

賊は逆《さか》さまに落下したが、両手を地べたにつき、一回転して起き上がった。賊は黒装束で黒い布で頬被《ほおかぶ》りをしていた。

「その身の軽さ。『成田屋』で会った者だな。怨霊の正体だ」

剣一郎は剣を抜きうちに横に薙《な》いだ。賊は後ろに一回転して避けた。

「南町与力の青柳剣一郎と知ってのことだな」

剣一郎は鋭《するど》く言う。しかし、相手は無言で、匕首を逆手に持ち、腰を落として迫ってくる。

「おこうに言うのだ。光右衛門はそなたたちが襲うことを見抜いている。待ち構えているのだ」

剣一郎は正眼《せいがん》に構《かま》えて言った。

賊が踏み込んだ。が、剣一郎の直前で斜め横に跳んだ。一瞬、眼前から敵が消えたように思えたが、剣一郎の剣は確実に賊の動きをとらえていた。

賊が地に足をつけたとき、剣一郎の剣は賊の右二の腕を襲った。だが、賊はまたも後ろに一回転して剣を避けた。

だが、着地したとき、一瞬だけ体勢を崩した。そこを突けば、剣は相手に届いたはずだが、剣一郎は思い止まった。

「そなたは、『成田屋』とどういう関わりがあるのだ？」

剣一郎は刀を引いてきく。

「なぜ、斬らねえ」

賊がやっと口をきいた。

「そなたの名は？」

「名乗るほどのもんじゃねえ」

賊は身構えながら言い返す。

「これほどの身の軽さに機敏な動き、とっさの反応など単なる軽業師上がりではあるまい。かなりの修羅場を潜《くぐ》っていることが見てとれる。盗人か」

「…………」

「そのようだな」

賊が少しずつ後退《あとずさ》った。

「なぜ、わしを襲った？」

「青柳さまに真相を摑まれると困るからですよ」

「そうか。わしが真相を摑み、光右衛門が奉行所の手に落ちたら、復讐が出来なくなる。そういうことだな」

「………」

「図星のようだな」

剣一郎はため息をつき、

「おこうと新助に言うのだ。復讐はやめろと」

「心配いりませんぜ。あのふたりには手出しさせませんせん」

「なに、どういうことだ？」

「光右衛門はあっしひとりでやるってことです」

そういうや、いきなり賊は地を蹴り、剣一郎から遠ざかってすっくと立った。

剣一郎が追う間もなく、素早く暗闇に消えて行った。

再び、岸辺に打ち寄せる波音が聞こえてきた。

四

翌朝、年寄同心詰所に京之進を呼んで、宇野清左衛門とともに対策を練った。

「好兵衛夫婦に砒霜の毒を呑ませて妻女を殺害し、好兵衛を寝たきりにさせ、さらに好太郎とおふみを殺したのは光右衛門に間違いないと思う。だが、証はない。疑いが強いだけで、捕らえることは難しい」

剣一郎は苦渋《くじゆう》の色を見せた。

光右衛門を捕まえれば、おこうの復讐は頓挫《とんざ》する。だが、今のままでは光右衛門に手出しは出来ない。

「安吉が生きておれば、光右衛門に頼まれて好太郎の振りをしたことを白状させられたのですが」

剣一郎は無念を口にした。

「大工の身でありながら、なぜ安吉は光右衛門に手を貸したのか」

清左衛門は不思議そうにきいた。

「犯行を知らなかったはずです。好太郎がおふみを殺して逃げたと聞かされていたでしょうから、好太郎を無事に逃がすために千住宿を通ったことにしたいなどという理由で引き受けたのではないでしょうか。謝礼もたんまりもらえるので」

「安請け合いか」

「まあ、そうだと思います。安吉の頭の中では、あくまでも好太郎がおふみを殺して逃げたと思い込んでいたでしょうから。でも、此度《こたび》のおふみの霊が自分の前に現われたことで、自分の役割に気づいたのかもしれません。あるいは、おふみの霊がまた現われ、なぜ殺された好太郎の振りをしたのかと問い詰められたのかもしれません。おこうは安吉から事実をきき出そうとして、安吉に霊を見せたのです」

「幽霊騒ぎの以前から、何者かが安吉の動きを探っていたようです」

京之進が口を入れた。

「おそらく、昨夜の賊だ」

剣一郎は言う。

「何者か想像がつかぬのか」

清左衛門がきく。

「青柳さまからお聞きしてききまわったところ、ひとり浮かび上がった男がおります。小猿小僧《こざるこぞう》と異名をとる盗人です」

「小猿小僧?」

剣一郎は首を傾《かし》げた。

「小猿小僧は東海道《とうかいどう》の宿場町に暗躍している盗人です。青柳さまからお聞きした特徴の盗人を、以前捕まりいまは娑婆《しゃば》に戻っている者に話したら、小猿小僧ならそんな芸当が出来ると言っていました。さらに、代官所手付《てつき》の知り合いにきいたところ、やはり小猿小僧ではないかと」

京之進は続ける。

「小猿小僧は軽業芸人の子だという噂で、歳は三十前後。ただ、盗人の小猿小僧がおこうの手先となって働いていることが解《げ》せません。小猿小僧と『成田屋』の結びつきもわかりません」

「昨夜の賊は、復讐は自分ひとりでやるつもりらしい。必ずしも、おこうの手先とばかりは言えないようだ」

剣一郎は賊を思い出しながら言う。

「青柳どの」

清左衛門が呼びかけた。

「おこうがおふみの霊となって『成田屋』に現われたわけと安吉の転落死はわかったが、行脚僧と大道易者の夢道はなぜ、死んだのだ？」

「まず、行脚僧は『成田屋』で一晩過ごし、ただならぬ気配を感じ取ったのかもしれません。すなわち、死体が隠されていると気づいたのではないでしょうか」

剣一郎の前に現われた靄《もや》のような影。同じものが行脚僧の前にも出てきたのかもしれない。

「じつは、行脚僧が死ぬ前に、須田町の『大駒屋』付近にいるのを見ていた者が見つかりました。どうやら光右衛門に会いに行ったようです」

京之進が説明した。

「おそらく、行脚僧は『成田屋』にホトケが隠されていることを、『大駒屋』の光右衛門に知らせに行ったのではないでしょうか」

「しかし、行脚僧はどうして光右衛門のところに行ったのか」

清左衛門がきく。

「ホトケのことを知らせようと、『成田屋』の持ち主を探したのではないでしょうか」

「誰かに『大駒屋』の光右衛門のことを教えてもらったのか」

「そうだと思います。行脚僧の訴えを聞いた光右衛門は隠してある死体のことを持ちだされ、びっくりしたに違いありません。おそらく、手下に命じて柔らかい布で口鼻を押さえるなどして、病死に見せかけて始末させたのです。その際、死後に半身を水に浸《つ》けたのも行き倒れを装うというより、怨霊の祟《たた》りを印象づけるためだったと思います」

「なるほど」

清左衛門は頷き、

「では、夢道はどうなのだ？」

「夢道は浅草御門の近くで商売をしていました。遊び人ふうの男が行脚僧といっしょに柳原の土手のほうに向かうのを見ていたのかもしれません。その遊び人ふうの男が『大駒屋』の雇人だとわかって、話をつけに行ったか。つまり金になると踏んだのでしょう。だが、三味線堀に誘《おび》き出して光右衛門の手下が匕首で夢道を突き刺して堀に捨てた……」

「そうか」

清左衛門は深いため息をついた。

「これで怨霊の一件は解決か」

「はい」

「幽霊などいなかったということだな。青柳どのが言うように、幽霊は己の心が作り出すものだ」

「宇野さま」

剣一郎はためらいがちに口を開いた。

「確かに私はそう思っておりました。なれど」

「なれど？」

清左衛門が不審そうにきいた。

「『成田屋』で私は妙な体験をしました。靄のような影が現われたのです。その時に朝顔の形をした根付が落ちていました。その床下に、好太郎の亡骸があったのです」

「……好太郎の霊か」

清左衛門が顔色を変えた。

「そうとしか思えません。好太郎が亡骸を見つけてくれと、私に訴えていたのです」

「青柳どのがそう言うのであれば幽霊は……」

清左衛門は呟いた。

「幽霊ではありませぬ。霊です。好太郎の魂《たましい》が私に呼びかけてきたのです」

剣一郎はそう信じていた。

「京之進」

剣一郎は表情を改め、

「光右衛門の動きはだいじょうぶか」

と、きいた。

「はい、見張りをつけています」

「よし。あとは光右衛門の動きを待つしかない」

何かが起こるのを待つしかなかった。

「それから」

剣一郎は切りだした。

「先日、お話をした権蔵の件ですが」

「うむ。自分の弔いを見たという話だな」

清左衛門が眉根を寄せた。

「いちおう、京之進に取り調べをさせた上で、お構いなしにしたらいかがかと。

その理由として、第一に権蔵を恐怖に陥《おとしい》れたことは事実ですが、権蔵を殺そうとしたわけではありません。あの者たちが願ったのは、あわよくば権蔵が恐怖から姿を晦ましてくれることでした。決して、殺そうとしたわけではありません。ただ、予想外の結果になったことに大家をはじめ、皆驚いております」

剣一郎は息継ぎをして、

「第二に、あそこまで権蔵を幽霊の恐怖におののかせることが出来るとは、誰も想像していなかったことです。なぜ、権蔵が幽霊に怯《おび》えたのか。何かが幽霊の恐怖を膨《ふく》らませたのです。つまり、大家やたけらには予見出来ないことが権蔵にあったということです」

剣一郎はさらに続ける。

「第三に、もしそれでも罪に問わねばならないとしたら、長屋の住人全員を捕らえねばなりません、果たして、そこまでする必要があるでしょうか」

「わかった。この件は青柳どのに任せる」

清左衛門は言った。

「ありがとうございます」

剣一郎は頭を下げてから、京之進に、

「では、今のような形で始末をつけてもらいたい」

と、伝えた。

「わかりました」

京之進は応じた。


それから、剣一郎は舟で隅田村の『成田屋』の寮に行った。

門を入ると、下男の老爺《ろうや》が、

「お嬢さまはお出かけになりました」

と、言った。

「どこに行ったのだ？」

「好太郎さんの供養《くよう》を行ないたいと叔父の光右衛門さまからお誘いがあったそうです」

「なに、好太郎の供養？」

「いつだ？」

「夕方七つ（午後四時）ということでした」

今はまだ八つ（午後二時）前だ。

剣一郎はついでにきいた。

「おこうのところに新助ともうひとり三十歳ぐらいの細身の男がやって来ていたと思うが、どうだ？」

「はい、いらっしゃってました」

「名は？」

「周吉《しゅうきち》さんです」

「周吉はおこうとどういう間柄だ？」

「新助さんがお連れになったお方です。お嬢さまはご存じないようでした」

「知らない？」

「はい、新助さんの知り合いではないでしょうか」

「周吉のことで何か聞いているか」

「周吉さんは箱根《はこね》の話をしていました」

「箱根？」

「はい、庭で掃除をしていたら、周吉さんは険《けわ》しい峠《とうげ》道をまるで猿のように上っていくと、新助さんの声が聞こえてきました」

「猿のようにか」

それだけで小猿小僧とは考えられないが、剣一郎はやはり小猿小僧のような気がしてきた。

剣一郎は舟で戻り、神田川に入って筋違橋《すじかいばし》近くの桟橋《さんばし》でおり、須田町の『大駒屋』に行った。

『大駒屋』の周辺に京之進の手の者が張り込んでいるのを見つけ、自身番に行った。そこに京之進がいた。

「青柳さま」

京之進が立って迎えた。

「今夕七つ、入谷の菩提寺《ぼだいじ》で、好太郎の供養があるというのでおこうが出かけたそうだ」

「そうですか。光右衛門はまだ出かけておりません」

「おそらく、出かけるはずだ。わしは先に入谷に向かう」

「はっ。私は光右衛門のあとをつけて行きます」

剣一郎が自身番から離れると、どこにいたのか太助が現われて横に並んだ。

「青柳さま。さっき、下川軍兵衛が三河町《みかわちょう》にある剣術道場に入っていきました」

「剣術道場だと?」

「はい。ふたりの浪人といっしょに出てきて昌平橋《しょうへいばし》を渡り、明神下を通って天神下から不忍池《しのばずのいけ》に向かいました」

「どこに行ったのだ？」

「それが、池のそばにある寺に」

「寺？」

「とりあえず、お知らせしなくてはと戻ってきたら青柳さまを見つけたのです」

「よし。そこに案内してくれ」

「へい」

太助は勇んで歩きだした。

七つまであと半刻近くある。入谷の菩提寺まで時間を調整しているのだろうか。

筋違御門を抜け、下谷広小路《したやひろこうじ》から池之端仲町《いけのはたなかちょう》に着いた。

さらに池のほうに行くと、寺が見えてきた。

「あそこです」

太助は用心深く山門を潜った。剣一郎も続く。

境内はひっそりとしていた。太助が走り回り、本堂の裏まで見てきた。

「いません」

太助は泣きそうな声をだした。

「もう目的の場所に出かけたのだろう」

「どこですか」

「入谷の菩提寺で、好太郎の供養があるというのでおこうが出かけた。おそらく、そこだ。行ってみよう」

「へい」

山門を出て、下谷広小路から三橋《みはし》を渡り、下谷を経《へ》て入谷に向かった。

入谷田圃《たんぼ》を背に、菩提寺があった。

陽の傾きを見て、そろそろ七つになるころだと思った。剣一郎は菩提寺の山門を潜る。

参詣客《さんけい》の姿がちらほら見えるが、おこうの姿はない。

「妙だな」

剣一郎は本堂に僧侶を見つけて近づいた。

「こちらで『成田屋』の好太郎の供養が行なわれると聞きましたが？」

「『成田屋』の好太郎さんですか。いえ、ありません」

「そうか」

謀《はか》られたと思った。

「失礼した」

僧侶は手を合わせて頭を下げた。

剣一郎が踵を返したとき、山門の前に町駕籠が停まった。年配の男が出てきた。そこに京之進が駆けつけたのが見えた。

剣一郎も駕籠のところに行った。

例の三人の手下が駕籠の傍にいた。

「京之進、どうした？」

剣一郎はきいた。

「はい。てっきり光右衛門だとばかり思っていました」

京之進が口惜しそうに言う。

「そなたは？」

駕籠からおりた男に、剣一郎はきく。

「私は『大駒屋』の番頭です。このお寺さんに用があって参りました」

「光右衛門から頼まれたのか」

「はい。旦那様に頼まれて、ここの住職に御布施《おふせ》を届けにきただけでございます」

「光右衛門はどうしてこなかったのだ？」

「他に御用が」

「どんな用だ？」

「わかりません」

「光右衛門はどこに行った？」

「さあ」

番頭は首を横に振った。

「青柳さま」

京之進が声をかける。

「謀られたのだ。おこうたちもここではない」

剣一郎は三人の光右衛門の手下に、

「光右衛門はどこだ？」

と、きいた。

「わかりません。あっしらは番頭さんのお供をするように仰《おお》せつかっただけですんでね」

頬骨の突き出た目つきの鋭い男がにやつきながら答える。

「そうか。ちょうどよかった。この三人を捕まえるのだ」

剣一郎は京之進に言う。

「なんだと」

頬骨の突き出た男が身構えた。

「冗談じゃねえ。なんで、あっしらが捕まらなきゃならねえんだ」

「わけはいくつもある」

「なに？」

「まず、最近では、行脚僧を息を詰まらせて殺し、三味線堀で大道易者の夢道を匕首を突き刺して堀に捨てた」

「証拠があるのか」

「もろもろのことを考え合わせると、そなたたちが下手人としか考えられぬのだ」

「そんなんで下手人にされてたまるか」

「まだ、ある。三年前の好太郎とおふみ殺しだ。このふたりを殺したのもそなたたちだ」

「そんな古い話を持ちだされたって」

男は口許《もと》を歪める。

「『成田屋』で出会ったとき、そなたたちは好太郎の亡骸を他に移すためにやってきたのではないか。光右衛門はあの幽霊騒動は好太郎の亡骸を見つけだそうとする企《たくら》みだと気づいて、そなたたちに亡骸を移すように命じたのだ。違うか」

「知らねえ」

「とぼけてもだめだ」

「知らねえものは知らねえ。さあ、行くぜ」

「待て、逃がさぬ」

京之進が退路を断った。京之進の手下も三人を取り囲んだ。

「逃げられぬ」

剣一郎が一喝する。

「ちくしょう」

頬骨の突き出た男が匕首を抜いて剣一郎に向かってきた。剣一郎はあっさり体《たい》をかわし、つんのめった男に足払いをかけた。男は宙に跳び、背中から地べたに落ちた。

他のふたりもあっさり京之進が押さえつけた。

剣一郎は改めて番頭に向かい、

「光右衛門はどこに行った？」

「知りません。ほんとうです」

「不忍池の周辺に、『大駒屋』の寮か何かがあるか」

「いえ、ありません」

「なんでもいい。光右衛門が関係している場所はないか」

「そう言えば……」

番頭が小首を傾げた。

「番頭さん。よけいなことを喋《しゃべ》ると、あとで旦那に叱《しか》られますぜ」

「その心配はない。光右衛門はこのままお縄《なわ》になる」

「……」

「さあ、言うのだ」

剣一郎は番頭に迫った。

「確か、旦那様の妾《めかけ》が池の西側のほうに住んでいるって聞いたことがあります」

「西側だな？」

「弁天島《べんてんじま》の裏手を見通せる場所だとか」

「よし。わしはその辺りを捜してみる。京之進はこの者たちからはっきりした光右衛門の行き先を聞き出し、駆けつけるように」

剣一郎は京之進に言い、

「太助、行くぞ」

と、声をかけた。

すでに辺りは薄暗くなっていた。光右衛門は三人の浪人を使い、おこうたちを始末しようとしているのだ。

剣一郎と太助は来た道を走った。

五

不忍池にやって来た。料理屋や出合茶屋の提灯の明かりが水面《みなも》に映っていた。

池をめぐり、弁天島の西側に向かう。

雑木林の中を走って、開けた場所に出た。前方の家の横にいくつかのひと影が動いた。剣一郎と太助は身をひそめて近づく。

男の声が聞こえてきた。

「おこう、俺を殺そうとはばかなことを考えたものだ。おとなしく、兄貴の看病をしていればよいものを」

光右衛門は哀《あわ》れむように言う。

「母を毒で殺し、父を寝たきりにさせ、兄とおふみさんまで手にかけ、あなたは鬼です」

「鬼か」

「よく、実の兄である父にあんなむごいことが……」

「兄弟って言ったって母親は違うんだ。ほとんど他人と同じだよ。そんな兄貴の旅籠だけが繁盛し、俺のところはみじめなものだ。兄貴のところは場所がいいんだ、俺のところと代わってくれと言ったら、場所のせいではない、おまえの性根《しょうね》の問題だと言いやがった」

「やっぱり、『成田屋』を乗っ取りたかったのね」

「好太郎さんが亡くなったあと、『成田屋』だって客が入らなくなった。場所のせいじゃない。あんたのやり方がだめだったんだ」

「新助、たいそうな口をきくじゃねえか。何ものこのこ出てくることはなかったんだ。おめえさえおとなしくしていれば、おこうが命を落とすようなことはなかったんだ。てめえがよけいな真似をしたばかりに」

「『成田屋』がだめになったあと、俺は好太郎さんを捜しに草加の先まで行ってみた。不思議なことに、草加の先で好太郎さんの足どりがぱったり途絶えている。それで、いろいろききまわったら、好太郎さんに似た男が千住宿のほうに引き返していることがわかったんだ。不思議じゃねえか。僅《わず》か一日で江戸に引き返している。それから、いろいろ調べたんだよ。安吉って大工が好太郎さんと後ろ姿がそっくりだったことを思い出したんだ」

がっしりした体つきの新助が体を震わせる。

「そんなおめえの苦労話を聞いても仕方ねえ。『成田屋』におふみの亡霊が現われ、好太郎に呼ばれたという話を聞いたとき、すぐおめえたちの企みだと気づいた。まさか、安吉が屋根から落っこちて死ぬなんて思いもしなかったがな」

「叔父さま。私はあなたを許すことは出来ません」

「光右衛門。女将さんや好太郎さんの敵《かたき》をとらせてもらいますぜ」

「おこうさん、新助さん。おめえさんたちが手を汚すことはねえ。復讐はあっしに任せてくれませんか」

「周吉さん」

おこうが声をかける。

「おめえが屋根に現われた幽霊か」

周吉と呼ばれた男が光右衛門をにらむ。

「そうだ。おまえさんは幽霊にとり憑かれて死ぬのがふさわしい」

「おめえは何者なんだ？」

「あっしは小猿小僧っていうけちな盗人ですよ」

「小猿小僧だと。ふざけた名前を」

やはり、小猿小僧だったのかと、剣一郎は唸った。

「なぜ、けちな盗人がおこうに手を貸しているんだ？」

「あっしは二十年前、『成田屋』で数か月世話になったことがあるんですよ。あっしの母親ってのは軽業の芸人でね。でも、足を怪我《けが》して舞台に立てなくなった。そしたら、一座からお払い箱。放り出されたのは仙台《せんだい》だ。そこから小田原《おだわら》の母親の実家を目指したんだ。途中、路銀も尽きて、物乞《ものご》い同然のことをしながらやっと江戸に入り、浅草を過ぎて通り掛かったのが『成田屋』の前だった。母は熱を出し、ふらふらだった。だから、一晩でもいいからふとんの中でゆっくり休ませてやりたいと、『成田屋』の土間に入ったんだ。出てきた女将さんに、金はあとで働いて返しますから泊めていただけませんかと頼んだ。もちろん、追い出されることは覚悟していた。ところが、女将さんは泊めてくれた。飯も出してくれ、母のために医者まで呼んでくれた」

周吉は続けた。

「おかげで母も快復してきて、病気がよくなるまであっしは『成田屋』で薪《まき》割りなどして働かせてもらった。母が元気になって『成田屋』を去るとき、立派なおとなになるんだと、旦那も路銀までくれたんだ。この恩は一生忘れねえ。きっといつか立派なおとなになって、女将さんと旦那に恩返しにくる。そう思っていたんだ」

「今になってみると、兄貴たちもよけいな真似をしてくれたってことか」

光右衛門は嘲笑《ちようしよう》したように言う。

「よけいな真似だと。あんな仏様のようなお方を妬《ねた》みやがって。てめえのような奴は許しておけねえ」

周吉が匕首を抜いた。

「おや、抜いたね」

光右衛門は笑った。

「何がおかしいんだ」

「これでお役人に説明がつくからだ。相手が先に匕首を抜いて襲ってきたのだとね。そこを通り掛かったお侍さんが助けてくれたという筋書き。さあ、出て来てくださいな」

光右衛門が大声を出すと、家屋の格子戸が開いて、下川軍兵衛ら三人の浪人が出てきた。

「さあ、この連中を斬《き》っておくれ。この三人がここで俺を待ち伏せて襲ってきたんだ。大いばりで斬ってくださいな」

「よし」

下川軍兵衛が周吉の前に出てきた。

「こいつは俺が始末する。そっちのふたりを任せる」

「女が相手じゃもの足りねえが」

長身の浪人が不服そうに言う。

「なんなら殺す前に楽しんだらいかがですかえ」

光右衛門がいやらしく言う。

「それなら、女の相手は俺がする」

肩幅の広い浪人が言う。

「ふたりでじっくり楽しんだらいいでしょう」

光右衛門が笑いながら言う。

「けだもの」

おこうが叫ぶ。

「そんなことさせねえ」

新助がおこうの前に出て匕首を構えた。

「この男を片づけてから、女をいただこう」

長身の浪人は抜刀した。

「おこうさん、新助さん、おまえさんたちは逃げるんだ。あとはあっしに任せて」

周吉がふたりの前に出た。

「下川さま、三人とも殺《や》ってくださいな」

「わかっている」

下川軍兵衛は抜刀した。

周吉は匕首を構える。

「そこまでだ」

剣一郎が鋭い声を発した。

「誰だ？」

「わしだ。下川軍兵衛、また会ったな」

「あっ、おぬしは……」

「構いやしません。いっしょに殺ってしまってください」

「光右衛門、もう観念するのだ」

剣一郎は哀れむように、

「もはや、そなたに逃れる術《すべ》はない」

「おのれ」

いきなり軍兵衛が斬りつけてきた。

剣一郎は素早く剣を抜き、頭上に迫った剣を鎬《しのぎ》で受けとめた。

うむと、軍兵衛が押し込んでくる。剣一郎は押し返し、すっと剣をはずした。

軍兵衛は体勢を崩した。

すかさず、剣一郎は切《き》っ先《さき》を相手の二の腕に向けた。軍兵衛は体を後ろに反《そ》らせて避《よ》けた。

だが、剣一郎の続けざまの攻撃に防戦一方になった軍兵衛を助けるように、肩幅の広い浪人が、剣を肩の位置に構えて突進してきた。

剣一郎もその侍に向かって踏み込んだ。すれ違いざま、剣がぶつかり、剣一郎はすぐに振り向く。

だが、肩幅の広い浪人はくずおれた。

「どうした？」

長身の浪人が目を見開いて声をかけた。なぜ、くずおれたのかわからなかったようだ。肩幅の広い浪人は脾腹《ひばら》を押さえてうずくまっている。

「心配ない。剣を弾《はじ》いたあと、柄頭《つかがしら》で脾腹を突いただけだ」

剣一郎が説明する。

「あんな一瞬の間に……」

長身の侍は絶句する。

「軍兵衛、俺たちでは歯が立たない。下りるぜ」

長身の浪人は肩幅の広い浪人を引っ張るようにして立ち去った。

「下川軍兵衛、どうするか」

剣一郎は切っ先を軍兵衛に向けた。

「俺も下りる」

軍兵衛が刀を鞘《さや》に納めた。

「下川さま」

光右衛門が愕然としていた。

「光右衛門、観念するのだ」

刀を鞘に納め、剣一郎は光右衛門に向かって言う。

「そなたの手下の三人もすでに捕らえてある」

その時、軍兵衛が再び刀を抜き、猛然と剣一郎に迫った。

「青柳さま」

太助が叫んだ。

剣一郎は振り向きざまに抜刀し、相手の剣を撥《は》ね上げた。弾き飛ばされた剣は宙を飛んで、近くの木に突き刺さった。

「下川軍兵衛、往生際が悪いぞ」

剣一郎は鋭く言う。

ようやく、軍兵衛は膝をついた。

「青柳さま」

また、太助が叫んだ。

周吉が匕首を構えて光右衛門に突進していった。光右衛門が恐怖に引きつった顔をしていた。

しまった、と剣一郎は呻《うめ》いた。周吉を止めるには、剣を周吉目掛けて投げるしかなかった。

あっと、剣一郎は叫んだ。太助が、光右衛門目掛けて走ってきた周吉の胴に抱きついて倒れ込んだのだ。

剣一郎は転がった匕首を拾った。

「放せ」

周吉が太助を突き放して立ち上がった。地べたに目を走らせたのは匕首を探しているのだ。

「周吉、ここだ」

剣一郎は手にした匕首を見せた。

「返してください。お願いです」

「だめだ」

「この男をやらなきゃ、俺は旦那に顔向け出来ねえ」

「周吉、気持ちはわかるが、復讐はだめだ」

「なぜですかえ。なぜ、恩返しをしちゃいけねえんですか」

周吉は悔しそうに言う。

「好兵衛は敵討ちを望んではおるまい。それより、立派なおとなになれという約束を破って、なぜ盗人になったんだ？」

「『成田屋』の旦那や女将さんのおかげで、俺たち母子《おやこ》は無事に小田原の母の実家に帰ることが出来た。でも、小田原の実家に母の居場所はなかったんです。兄《あに》嫁《よめ》にいびられ、あっしと母は物置小屋で暮らすしかなかったんです。母はまた体を壊し、医者に診てもらえないまま、死んじまった。そのあと、俺は追い出されちまった。生きていくために、いつしか他人のものを盗むようになっていたんです。気がついたら、小猿小僧と異名をとる盗人でさ。それでも、『成田屋』の旦那や女将さんの恩は片時も忘れたことはありません。思えば、『成田屋』で世話になっていた数か月間があっしら母子にとって一番仕合わせなときでした。母も『成田屋』の旦那や女将さんに恩返しをしておくれと常々《つねづね》言ってました。でも、盗人になった身では合わせる顔がなく、それでも遠くからでも一目お目にかかりたいと江戸に来てみれば、『成田屋』はあのありさま。それで『成田屋』の寮で、旦那にお目にかかったんです。おこうさんや新助さんの話を聞き、今こそ御恩を返すときだと思っていろいろやって来たんです」

「周吉、勘違いしてはならぬ」

剣一郎は強く言う。

「恩を返すとは復讐することではない。おこうも新助もだ。そなたたちはとんだ思い違いをしている」

「……………」

「なぜ、『成田屋』を再興させようと思わぬのだ。好太郎がいなくとも、おこうがいるではないか。好太郎だって、それを望んでいるはずだ。商売のことなら新助がいるではないか」

剣一郎はおこうを見て、

「復讐したところで何も得られぬ。それより、『成田屋』を再興させよ。かつてのような繁盛ぶりを目にすれば、好兵衛もきっと元気になる。周吉、『成田屋』の再興に力を貸してやれ。それこそ、立派な恩返しだ」

「へい。お言葉身に沁《し》みてございます。『成田屋』を再興させ、きっと恩返しをしてみせます」

周吉は覚悟を口にした。

「おこう、どうだ？」

「青柳さま、ありがとうございます。おとっつぁんとおっかさんが築いた『成田屋』は、ひさしぶりに来たお客さんが、ただいまと言って入ってくるあったかい旅籠でした。好太郎兄さん、おふみさんも愛した『成田屋』を、新助さんたちと再興させせます」

おこうが約束するように言う。

「新助。おこうに力を貸してやるのだ」

「はい。喜んで」

新助はうれしそうに言った。

そこに京之進が駆けつけてきた。

光右衛門が悄然《しょうぜん》と座っているのを見て、

「無事に解決したようでございますね」

と、京之進は笑みを浮かべた。

「太助、礼を言うのを忘れていた」

剣一郎は太助に顔を向けた。

「礼？」

「周吉をよく押さえてくれた。よくやった。礼を言う」

「とんでもない」

太助は照れながらもうれしそうだった。

一〇〇字書評

幻夜行

切り取り線

購買動機（新聞、雑誌名を記入するか、あるいは○をつけてください）	
□（　　　　　　　　　　　）の広告を見て	
□（　　　　　　　　　　　）の書評を見て	
□ 知人のすすめで	□ タイトルに惹かれて
□ カバーが良かったから	□ 内容が面白そうだから
□ 好きな作家だから	□ 好きな分野の本だから

・最近、最も感銘を受けた作品名をお書き下さい

・あなたのお好きな作家名をお書き下さい

・その他、ご要望がありましたらお書き下さい

住所	〒				
氏名		職業		年齢	
Eメール	※携帯には配信できません	新刊情報等のメール配信を 希望する・しない			

この本の感想を、編集部までお寄せいただけたらありがたく存じます。今後の企画の参考にさせていただきます。Eメールでも結構です。

いただいた「一〇〇字書評」は、新聞・雑誌等に紹介させていただくことがあります。その場合はお礼として特製図書カードを差し上げます。

前ページの原稿用紙に書評をお書きの上、切り取り、左記までお送り下さい。宛先の住所は不要です。

なお、ご記入いただいたお名前、ご住所等は、書評紹介の事前了解、謝礼のお届けのためだけに利用し、そのほかの目的のために利用することはありません。

〒一〇一‐八七〇一
祥伝社文庫編集長　坂口芳和
電話　〇三（三二六五）二〇八〇

祥伝社ホームページの「ブックレビュー」からも、書き込めます。

http://www.shodensha.co.jp/bookreview/

祥伝社文庫

幻《げん》夜《や》行《こう》　風烈廻《ふうれつまわ》り与力《よりき》・青柳剣一郎《あおやぎけんいちろう》

平成30年　4月20日　初版第1刷発行

著　者　小杉健治《こすぎけんじ》

発行者　辻　浩明

発行所　祥伝社《しょうでんしゃ》

東京都千代田区神田神保町3-3

〒101-8701

電話　03（3265）2081（販売部）

電話　03（3265）2080（編集部）

電話　03（3265）3622（業務部）

http://www.shodensha.co.jp/

印刷所　堀内印刷

製本所　積信堂

カバーフォーマットデザイン　中原達治

Printed in Japan ©2018, Kenji Kosugi ISBN978-4-396-34409-2 C0193

祥伝社文庫の好評既刊

小杉健治
まよい雪　風烈廻り与力・青柳剣一郎㉙
かけがえのない人への想いを胸に、佐渡から帰ってきた鉄次《てつじ》と弥八《やはち》。大切な人を救うため、悪に染まろうと……。

小杉健治
真《まこと》の雨（上）　風烈廻り与力・青柳剣一郎㉚
野望に燃える藩主と、度重なる借金に疲弊する藩士。どちらを守るべきか苦悩した家老の決意は――。

小杉健治
真の雨（下）　風烈廻り与力・青柳剣一郎㉛
完璧に思えた〝殺し〟の手口。その綻《ほころ》びを見つけた剣一郎は、利権に群れる巨悪の姿をあぶり出す！

小杉健治
善の焔《ほのお》　風烈廻り与力・青柳剣一郎㉜
牢屋敷近くで起きた連続放火事件。付け火の狙いは何か！　くすぶる謎を、剣一郎が解き明かす！

小杉健治
美の翳《かげり》　風烈廻り与力・青柳剣一郎㉝
銭に群がるのは悪党のみにあらず。奇怪な殺しに隠された真相とは⁉　人間の気高さを描く「真善美」三部作完結。

小杉健治
砂の守り　風烈廻り与力・青柳剣一郎㉞
矢先稲荷《やさきいなり》脇に死体が。検死した剣一郎は剣客《けんかく》による犯行と判断。三月《みつき》前の刃傷事件と絡め、探索を始めるが……。

祥伝社文庫の好評既刊

小杉健治
破暁《はぎよう》の道（上）
風烈廻り与力・青柳剣一郎㉟

女房が失踪。実家の大店「甲州屋」の差金だと考えた周次郎《しゆうじろう》は、甲府へ。旅の途中、謎の刺客に襲われる。

小杉健治
破暁の道（下）
風烈廻り与力・青柳剣一郎㊱

江戸であくどい金貸しの素性を洗っていた剣一郎。江戸と甲府で暗躍する、闇の組織に立ち向かう！

小杉健治
離れ簪《かんざし》
風烈廻り与力・青柳剣一郎㊲

夫の不可解な病死から一年。早くも婿を取る商家。奥深い男女の闇――きな臭い女の裏の貌《かお》を、剣一郎は暴けるのか？

小杉健治
霧に棲《す》む鬼
風烈廻り与力㊳

十五年前にすべてを失った男が帰ってきた。哀しみの果てに己《おのれ》を捨てた復讐鬼を、剣一郎はどう裁く!?

小杉健治
伽羅《きやら》の残香
風烈廻り与力・青柳剣一郎㊴

貴重な香木・伽羅をめぐる、富商、武家、盗賊の三つ巴の争い。剣一郎が、強欲なる男たちの悲しき罪業を暴く！

小杉健治
夜叉《やしや》の涙
風烈廻り与力・青柳剣一郎㊵

剣一郎、慟哭す！　義弟を喪った哀しみを乗り越え、断絶した父子のために、凶悪な押込みと対峙する。

祥伝社文庫の好評既刊

辻堂 魁　**風の市兵衛**

さすらいの渡り用人、唐木市兵衛《からきいちべえ》。心中事件に隠されていた奸計《かんけい》とは？〝風の剣〟を振るう市兵衛に瞠目！

辻堂 魁　**雷神**　風の市兵衛②

豪商と名門大名の陰謀で、窮地に陥った内藤新宿の老舗。そこに〝算盤《そろばん》侍〟の唐木市兵衛が現われた。

辻堂 魁　**帰り船**　風の市兵衛③

舞台は日本橋小網《こあみ》町の醤油問屋「広国《ひろくに》屋」。市兵衛は、店の番頭の背後にいる、古河《こが》藩の存在を摑むが——。

辻堂 魁　**月夜行《つきよこう》**　風の市兵衛④

狙われた姫君を護《まも》れ！　潜伏先の等々力《とどろき》・満願寺《まんがんじ》に殺到する刺客たち。市兵衛は、風の剣を振るい敵を蹴散らす！

辻堂 魁　**天空の鷹《たか》**　風の市兵衛⑤

息子の死に疑念を抱く老侍。彼の遺品からある悪行が明らかになる。老父とともに、市兵衛が戦いを挑んだのは⁉

辻堂 魁　**風立ちぬ㊤**　風の市兵衛⑥

〝家庭教師〟になった市兵衛に迫る二つの影とは？〈風の剣〉を目指した過去も明かされる、興奮の上下巻！

祥伝社文庫の好評既刊

今村翔吾

火喰鳥《ひくいどり》 羽州《うしゅう》ぼろ鳶《とび》組

かつて江戸随一と呼ばれた武家火消・源吾《げんご》。クセ者揃いの火消集団を率いて、昔の輝きを取り戻せるのか!?

今村翔吾

夜哭烏《よなきがらす》 羽州ぼろ鳶《とび》組②

「これが娘の望む父の姿だ」火消としての矜持を全うしようとする姿に、きっと涙する。最も〝熱い〟時代小説!

今村翔吾

九紋龍《くもんりゅう》 羽州ぼろ鳶《とび》組③

最強の町火消とぼろ鳶組が激突!? 残虐な火付け盗賊を前に、火消は一丸となれるのか。興奮必至の第三弾!

今村翔吾

鬼煙管《おにきせる》 羽州ぼろ鳶《とび》組④

源吾京都を未曾有の大混乱に陥れる火付犯の真の狙いと、それに立ち向かう男たちの熱き姿!

風野真知雄

喧嘩旗本 勝小吉《かつこきち》事件帖 新装版

勝海舟《かつかいしゅう》の父で、本所一の無頼・小吉。積年の悪行で幽閉された座敷牢の中から、江戸の怪事件の謎を解く!

風野真知雄

どうせおいらは座敷牢 喧嘩旗本 勝小吉事件帖

悪友に怪事件を集めさせる小吉。いち早く謎を解き、出仕《しゅっし》しようと目論《もくろ》むが、珍妙奇天烈《ちんみょうきてれつ》な難題ばかり……!

〈祥伝社文庫　今月の新刊〉

内田康夫

神苦楽島《かぐらじま》（上・下）

路上で若い女性が浅見光彦の腕の中に倒れ込んだ。それは凄惨な事件の始まりだった！

五十嵐貴久

炎の塔

超高層タワーで未曾有の大火災が発生。消防士・神谷夏美は残された人々を救えるのか⁉

梶永正史

ノー・コンシェンス　要人警護員・山辺努

凄絶な銃撃戦、衝撃のカーチェイス。元自衛官のボディーガードが悪に立ち向かう！

鳴神響一

謎ニモマケズ　名探偵・宮沢賢治

宮沢賢治がトロッコを駆り、銃弾の下をかい潜る。手に汗握る大正浪漫活劇、開幕！

森村誠一

終列車

松本行きの最終列車に乗り合わせた二組の男女の背後で蠢く殺意とは？

小杉健治

幻夜行　風烈廻り与力・青柳剣一郎

旅籠に入った者に次々と訪れる死。殺された女中の霊の仕業か？　剣一郎、怨霊と対峙す！

長谷川卓

黒太刀　北町奉行所捕物控

人の恨みを晴らす、義の殺人剣・黒太刀。臨時廻り同心・鷲津軍兵衛に迫り来る！

芝村涼也

魔兆　討魔戦記

討ち取りそこねた鬼は、さらなる力を秘めていた！　異能と異形が激突する江戸怪奇譚。

風野真知雄

縁結びこそ我が使命　占い同心　鬼堂民斎

救えるか、天変地異から江戸の街を！　隠密同心にして易者の鬼堂民斎が鬼占いで大奮闘！

佐々木裕一

剣豪奉行　池田筑後

この金獅子が許さねぇ！　上様より拝領の宝刀で悪を斬る。南町奉行の痛快お裁き帖。